中公文庫

安吾探偵事件帖

事件と探偵小説

坂口安吾

中央公論新社

安吾探偵事件帖　目次

Ⅰ　事件と裁判

Ⅱ 推理小説論

＊

安吾探偵事件帖

I　事件と裁判

帝銀事件を論ず

帝銀事件はとくに智能犯というほどのものではないようだ。

この犯人から特別つよく感じさせられるのはむしろ戦争の匂いである。私は、外地の戦場は知らないのだが、私の住む町が一望の焼け野となり、その二ヵ月ほど後に再び空襲を受けて、あるアパートの防空壕へ五〇キロの焼夷弾が落ちた。中に七人の屈強な壮年工がはいっていて爆死したが、爆死といっても、爆発力はないのだし、ただ衝撃で死んだだけで、焼けてもおらず、生きたままの服装で、ただ青ざめて目をとじている屍体であった。

翌日はうららかな初夏の陽がふりかがやいていたが、私が用があって、このアパートを通りかかると、アパートの隣はすでに焼け野なのだが、今しも二人の若者が七人の屍体をつみ重ねて、火をつけるところで、ちょうど七人目を運んできて、ドッコイショと放りだしたところであったが、放りだして、まだ真新しい死人の戦闘帽にふと気がつくと、それをチョイとつまみとって、火のかからぬ方へ投げやった。

　私の見たのはそれだけだったが、死人の靴も時計も、こんなふうにして、この二人の若者は淡々とつまみあげて、投げだしたり、ポケットへ入れたりしたろうと思う。見ている私に隠したり、遠慮するソブリなどはミジンもなかった。屍体から物をはぎとること自体が、一つの義務的な作業のような有様であった。

　事実、あのころは、それで良かったのであろう。あの焼け野原の東京の物資の欠乏は今どころじゃない。靴も、時計も、帽子も、あのころは金はあったが、物がなかった。これから焼いてしまう死人に、立派な靴、帽子、時計はいらないのだから、それを灰にするよりも、残して自分が使う方が国家のため役に立つ。

　三百、五百とつみ重ねてある焼屍体に、合掌するのは年寄の婆さんぐらいのもので、木杭だったら焼けても役に立つのに、まったくヤッカイ千万な役立たずめ、というグアイに始末をしている人夫たち、それが焼け跡の天真ランマンな風景であった。まったく原色的な一つの健康すら感じさせる痴呆的風景で、しみる太陽の光の下で、死んだものと、生きたものの、たったそれだけの相違、この変テコな単純な事実の驚くほど健全な逞しさを見せつけられたように思った。これが戦争の姿なんだ、と思った。

そうかと思うと、私が命カラガラ爆撃を逃げて麦畑へ飛びこんで俯伏《うつぶ》すと、この野郎、国民のイノチのもとの麦畑を踏み荒すとは何事か、と私につかみかかってトッチメる奴がある。畑の持主の農夫じゃなくて、私より一足先に麦畑に避難していた戦闘帽の若い職工なのである。血迷っているのだ。麦は国民のイノチのもとであるかも知れぬが、その麦を大事にするのは国民のイノチが大事だからで、私自身はつまりその国民であり、そのイノチの難をさけて麦畑へ逃げこんでいる次第なのだが、この先生は、国民のイノチよりも麦のイノチを大事にしている錯倒にとんと気がつかず、血相変えて私の胸倉をつかんで、とっちめているのである。

かような智能の小児麻痺的錯倒から、終戦となり、民主主義。いきなり接木に健全な芽が生えてスクスク成長するはずのあるべきものじゃない。今日、すでに戦争は終ったという。しかし、どこに戦争があって、いつ戦争が終ったか、身をもってそれをハッキリ知るものは、絶海の孤島で砲煙の下から生き残ったわずかな兵隊でもなければ、知りうるはずはない。誰も自主的に戦争をしていたわけではないのであるから、戦争というから戦争と思い、終戦というから終戦と思い、民主主義というから民主主義と思い、それだけのことで、それは要するに架空の観念であるにすぎず、われわれが実際に身をもって知り、また生活しているものは、四囲の現実だけだ。

四囲の現実とはなにか、まず焼け野原である。小さな家屋の唐紙一重にへだてられた雑居生活である。そこでは一本の薪、一片の炭が隣人にかすめ盗られることを憂い、いな、親兄弟が配給の食膳の一握りの多寡《たか》を疑い、子は親に隠して食い、親は子の備蓄を盗み、これをしも魂の荒廃、魂の戦争といわずして、何事が戦争であるか。

一足出れば、殺人電車である。私も一度、その中央に胸を押しつめられ窒息死に致るところで、その恢復に時日を要したことがあり、それいらい、私は電車がすくまで何時間でも待つことにしているが、勤めの人には左様な時間のゼイタクはできないに相違ないから、いやでも決死の覚悟で乗らねばならぬ。扉に外套がひっかかっている、電車が動きだす、外套をはさまれた男は止めてくれ、助けてくれ、と電車とともに走りだす、ホームの人はようやく気づく、気づいたときには男はすでにホームをひきずられている、ホームの人々がワアワア騒ぐが、後部の車掌は平然とホームの騒ぎに睨《にら》みをくれて、やがて車は人をブラ下げてひきずりつつ闇へ消え去る。これは私が東京新聞の記者とともに目撃した事実なのである。やがてキャーッという悲鳴をきくや、私たちは見るに堪えず、地下道さして、期せずして一目散に逃げだした。あとで分かったが、キャーッという悲鳴は、ひきずられつつある人の悲鳴ではなく、それを認めた若い婦人の悲鳴であったそうな。あとで思ったが、絹をさくようなキャーッという悲鳴、物の本にはザラにあって、私は現実にはじめてきいたのであるが、人が白刃の下でまさに殺される時に、覚《さと》らずしてこんな悲鳴をおのずと発するに相違ない。二合五勺の、そのまた二十数日の欠配。これを忠実に守って死んだ判事があったが、生き得べからざる現実の中にわれわれは生きている。ヤミをしなければ生きられぬ。タケノコ生活ができなければ、身を売り、ヤミをやり、盗みを働くほかに手がなかろう。さもなければ、判事のごとく死する以外に道はない。

　つまりわれわれの四囲の現実というものは、戦争と同じように荒廃しきっているのである。戦争と同じように、と私はいったが、私は戦争そのものを知らないのだ。ただ、戦争中における私の四囲の現実を知っていたが、恐らく大部分の人々がそうであるに相違なく、大陸でノンビリ戦争していた人々などは、そのころは衣食住は保障され、わがままは通り、今の現実にくらべれば、どっちが苛烈な戦地であるやら、これを通観して、今、戦争が終った、などと、観念上に架空な言葉を押しつけても、四囲の現実というものは、なお戦争そのものなのである。戦争は終った、という観念上の空言を弄して、この現実に新展開をもとめようとするのは、現実に魔法を行おうと試みるような幼稚なことで、現に荒廃せるこの様相をまずシカと認識してかからねばならぬ。すなわち、街は焼け野である。人は雑居し、骨肉食を争い、破れ電車に命をかけて押しひしめいている。

私が帝銀事件に感じるものは、決して悪魔の姿ではない。バタバタと倒れ去る十六名の姿の中で、冷然と注射器を処理し、札束をねじこみ、靴をはき、おそらく腕章をはずして立ち去る犯人の姿。私は戦争を見るのである。

あの焼け野の、爆撃の夜があけて、うららかな初夏の陽ざしの下で、七人の爆屍体を処理しながら、屍体の帽子をヒョイとつまんで投げだす若者の無心な健康そのものの風景。木杭よりもなおおそまつに焼屍体を投げころがす人々。

私の見たのはそれだけであるが、外地の特務機関だとか憲兵だとか、芋のように首を斬り、毒薬を注射して、無感動であった悪夢の時間があったはずだ。戦争というまことに不可解な麻薬による悪夢であり、そこでは人智は錯倒して奇妙に原色的な、一見バカバカしいほど健全な血の遊びにふけり麻痺しきっていたのである。

私は帝銀事件の犯人に、なお戦争という麻薬の悪夢の中に住む無感動な平凡人を考える。戦争という悪夢がなければ、おそらく罪を犯さずに平凡に一生を終った、きわめて普通な目だたない男について考える。終戦後、頻発する素人ピストル強盗の類いが概ねそうで、すべてそこに漂うものは、戦争の匂いなのである。道義タイハイを説く人々は、戦争は終った、という魔法の呪文を現実に信じつつある低俗な思考家で、戦争といえば戦争、民主主義といえば民主主義、時流のカケ声の上に真理も実在していると飲みこんで疑らぬ便乗専一の常識家にすぎない。

戦争はけっして終っておらぬ。四囲の現実は今こそ戦争中よりも戦争的であり、人々の魂はそれ自ら戦争の相を呈しているではないか。なにゆえか。物がないからだ。衣食足れば礼節を知る。まことに真理は単純であり、その通り、永遠不変の実相なのである。電車が有りあまれば、押せといっても押しはせぬ。物資に事欠くことがなければ、何者が盗むであろうか。昔からそうである。戦争のせいではない。人が物を盗むのは、物に窮しているからである。

われわれは同胞を信頼しなければならぬ。なぜなら、二合五勺のその又二十数日の欠配、千八百円ベース、この窮乏にあって、われわれはかくも安穏ではないか。暴動一つ起りはせぬ。ピストル強盗と申しても数えるほどのことであり、この万民窮乏の実相から見て、むしろ驚くほど少い犯罪数だと私は思う。

盗人や殺人強盗というものは、私の青年期の不況時代にも、ずいぶん多かった。不況時代となり、職を失い、窮すれば、平和な時代でも犯罪は絶えない。今は窮乏のドン底時代だから、その数が多く、かつ、戦争という悪夢の中で生育して冷酷さに無感動となったために、いらざる血を見る事件がふえた。そこにハッキリ漂うものは戦争の匂いである。人を憎むべからず、罪を憎むべからず、戦争を呪うべし。それにつけても、この窮乏の実相にもかかわらず、むしろ犯罪は極めて少いということの方を、むしろわれわれは厳しく認める必要がある。少数の兇悪事件に耳目をそばだてるよりも、窮乏にたえて敢えて罪を犯さざる多数の同胞への信頼を持たねばならぬ。

料金投函を民衆の勝手にまかせた公衆電話からは、通話数以上の料金が現われたというではないか。各自の責任にまかせれば、かくのごとく、公明正大な同胞の心を信じなければならぬ。いたずらな禁止は、好奇心のもとであり、すべてを各人の責任にまかせるとき、やがて道義はおのずから各人の自覚によって育つものだ。

私はこの現実の日本において、最も大きな罪のもとをなすものは、物資の窮乏をおいては、つぎに、為政者の国民への不信であると考える。自らのみ道義あつく、心正しきものとする為政家ヅラほど浅はか、醜悪なものはない。御身等はこの欠配に死にもせず、痩せもせぬとはなぜであるか。まずそれを考えることである。

私は政治家が、政治家的ルートによって暖衣飽食していることをとがめたいとは思わぬ。むしろ暖衣飽食すべきだと思う。かつての米内大将のごとくに、ゾースイをすすり、国民に範をたれるのも、その人格の高潔なる、まことに有難いことだけれど、しかし、政治は清貧を事とする無策なものでは困るのである。たとえば、さきに餓死した判事のごとき人物が首相となり、窮乏の時であるから遅配に我慢せよ、余が範をたれると称して餓死されては、国民たるもの、降参せざるをえない。無策のシムボルとして自ら清貧の範をたれるのは、政治ではない。その有策のゆえに選ばれ、国民の輿望《よぼう》を担うて策を施すのが、政治家というものだ。

しかし、自分が暖衣飽食する以上、それについての内省を忘れてはならぬ。私は暖衣飽食とはゆかないけれども、千八百円ベースの人々にくらべれば、はるかにゼイタクな暮しをしているであろう。概ね小説家はそうである。闇屋もそうである。飲食店のオヤジも、パンパンも、そうである。そうであるからわれわれは、人々に窮乏に堪えよ、などとは説きはせぬ。もしも私が、読者にむかって、耐乏生活の小説などを書き、ヤミの悪徳を説いたなら、文士としては愧死《きし》すべきことであり、かかる徒輩は文学者として存在しえないものである。

　しかるに、政治家のみは、自らは暖衣飽食しながら、国民に向って、ヤミ屋は国賊だといい、千八百円ベースの配給生活に耐えざるものは罪人であるかのごとくいう。かかることを公言して愧死した政治家も官僚もおらず、失脚した政治家もおらぬ。

　千八百円の配給生活では、けっして生きてゆかれぬ。現実はそれを明示しており、判事は餓死し、政治家は暖衣飽食しているではないか。しからば、なぜ、政治政策の基本概念として、千八百円の配給では食ってゆかれぬ、各人がその各人のなにかのルートによって生きのびている、その実際を厳しく承認してかからないのか。

　政治の根本に、現実に即した論理性を欠いているのだ。つまり、全然、人間というものがない。もし、人間というものがあり、人間に即した論理があれば、千八百円の配給では食ってゆかれぬ、しからば各人のヤミやルートは犯罪ではない。そこから出発して、別の政策がなければならぬはずなのである。根本的に別のなにかでなければならぬはずである。

人間とは何者であるか。政治家は最も多くそれを知ることが必要である。人間とは何者であるか？　衣食足れば礼節を知り、窮すれば罪の子となる。食に窮すれば、子は親に隠れて食い、親は子の備蓄を盗む。これが人間の姿である。孝子は自ら飢えて親を養うというが、これは非凡のことであり、非凡の例を以て凡人にのぞみ訓戒をたれて足れりとするのは、自らの無能無策を稀有な美談をかりてマンチャクするのみのこと、このこと自体悪徳であり、政治家として自らの無能に愧死すべきのみ。

われわれの現実に、キリストはいらぬ。政治家がわれ等の罪を負うてハリツケにかかったところで、われわれの空腹は救われはせぬ。ただ政治家が厳しく認識して、踏んで立つ唯一の地盤は、道義のタイハイも魂の荒廃も、人間自身に罪があるのではなくて、物資の窮乏甚だしきによってであるという単純極まる一事の認識にすぎない。

片山前首相が、帝銀事件の犯人について、未曽有の兇悪犯であり、すべてに代えて逮捕せよ、などと警官を激励するのはオコの沙汰と申すべきで、これが警視総監の言ならば当然であるが、首相たるもの、その政策のいたらざるをまずもって三思《さんし》すべきではないか。

もとより、戦後の窮乏荒廃であるから、誰が首相になっても、オイソレと埒《らち》のあくはずのものではないが、かかる兇悪犯といえども、罪は人間にあるのではなくて、物資の窮乏と現実の荒廃にあることぐらいは、常に当然認識がなくて、一国の首相などとは笑止千万と申さねばならぬ。犯罪あるたびに、わが政治のいたらざるを憂うるのが、まことの政治家であり、それぐらいの自覚もなしに一国の政治をとるなどとは言語道断と申さねばならぬ。

もとより、万人が聖人となった理想社会でなければ、犯罪のなくなる時はなく、万人ことごとく聖人となる時代など永遠に有りうるはずがないから、犯罪のつきる時はなかろう。

われわれ文学の徒は、人間をすべて罪の子と見、あらゆる人間が誰しも同じだけ罪の因子をもつものと見て、その個人に加わる条件に犯罪の必然性を認め、一キクの涙をそそぐ。かかる場合に、われわれは、罪を政治にぬりはせず、人間の宿命のせつなさに思いを寄せ、無限の愛を寄せ、せめても、その愛によって、高まりたいとこい希うものである。

しかし、政治家は、文学の徒とは違う。文学の徒は、犯罪を人間の宿命によせ、愛によって高まることを方法とするが、政治は人間の原罪に関するものでなくて、現実の、そして万人に公平に課せられた配給的なものである。単なる米ミソの配給にかぎらず、大体に、制度というものは配給的なものなのである。

文学の徒は、犯罪を宿命に寄せ、政治などに罪をぬりつけはしないけれども、政治家は、政治の罪を自覚しなければならぬ。犯罪の中に政治の貧困を自覚しなければならない。その謙虚にして誠実な自覚があって、初めて政治というものに向上を期待し、われわれの生活をゆだねうるのである。

政治家に、人間の自覚が欠けているのだ。政策もむろん欠けている。しかし、なによりも、人間の自覚が完全に欠如している。首相が行い正しいクリスチャンであるとか、品行方正であるとか、そんなことは、とるに足らぬ。品行不良でもかまわないから、人間とはいかなるものか、自分とはいかなる人間か、人間の宿命の悲痛さを、深く誠実に思い知り、罪の悲しさを知らねばならぬ。

私は帝銀事件に戦野を思う。十六人がバタバタ倒れてゆく。一人冷然とそれを見ている犯人。私はどうしても悪鬼の姿を見ることはできない。私はそこに、戦野の匂いをかぎ、五月のうららかな陽ざしの下で屍人の帽子をポイと投げる無心な健康な原色的な風景を思いだす。いったい、なにを憎んだらいいのだ。なにも憎む必要はないのだ。人の宿命の悲しさに思いいたれば、憎むべきなにものもあるはずはない。そしてそこから、おのずからまことの建設は行われてくるはずのものなのだ。

まず人間を自覚しよう。人間とはなにものであるか、謙虚に、誠実に、自分の心をふりかえる生活を、万人がもつ必要がある。帝銀事件などは、どうでもいい。三面記事、ビッグ・ニュース、それを面白がるだけで、たくさん。道義タイハイ、兇悪なる世相、などと、それは余計の邪魔物、あって益なく、百害あるだけのコケのお説法というものだ。どこかの都立の産院だか、病院だかで、捨子公認所をつくったそうだが、こういう工夫をいろいろとやる方に頭を使うべきである。捨子なさる方は当院の玄関へソッとおいて逃げてください、会いたくなったら、いつでもいらっしゃい、丈夫に育てておきます、などというのは、まことに気がきいていてオツな話だ。日本の風教の施策は、まずこんなふうな形のところから出発すべきだろうと私は思う。一人の悪産院を罰するよりも、捨子公認所をつくる、この方が健全な政治なのである。

（「中央公論」一九四八年三月号）

切捨御免——貞操なきジャーナリズム

帝銀容疑者、北海道のH画伯のタイホ、上京、二十三日上野駅到着は犯人見物の人出で賑ったそうだが、首実検で、犯人らしくないときまると、たった一日でガラリと人気が変って、今日（八月二十五日）の新聞は、人権侵害、にわかにH画伯に同情あつまり、警視庁は総攻撃をくらっている。

警視庁にも手落ちはあった。タイホに向った警部補が真犯人と断言したこと、特にタイホを発表したことが、いけない。これを発表したことが最大の手落ちであって、一警部補の気負い立った個人的発言の如きは、さしたることではない。容疑者タイホを公表さえしなければ、警部補の言い過ぎ問題は起らなかったのだ。

私は容疑者タイホの公表があったから、たぶん真犯人だろう、と思った。さもなければ、公表するとは、思われないからである。だから、警部補が、自分は真犯人だと思っている、と断言しているのは当然だと思ったにひきかえ、藤田刑事部長が、たぶん真犯人ではない、と否定し、ただ疑点の釈明をもとめるため出頭をもとめただけで、この程度の容疑者は他にもあり、これを真犯人としているわけではない、と云っているのに、妙な感じをうけた。むしろ、腹立たしさを感じた。では、なぜ、容疑者の指名タイホを公表したのであるか。

この公表もひどかったが、ジャーナリズムの無定見、軽薄さは、さらにヒドイものだと私は思った。

生き残った人々の首実検で、犯人らしくないとなると、サッと変って、忽ち、容疑薄らぐ、となり、人権問題とくる。

首実検ひとつで、容疑薄らぐ、と断定するジャーナリズムの反文化的性格、無教養は甚しい。

帝銀事件の場合の如き、首実検など、一番当にならないものだ。首実検にも色々とあり、親が子の首実検する、という事になれば、これは揺ぎのないものだ。けれども、帝銀の場合の如き、たかだか十分ぐらい面接しただけで、しかも、相手を信用し、決して殺人鬼として、特別の注意を払って見ていたわけではないのである。私なども、文士という商売上、人間観察はすでに身についた性癖であるが、それでも人の顔は却々《なかなか》覚えられぬ。私は先日、税務署の役人お二方に二時間にわたって話を交した。税務署の役人と云えば、これはもう、殺人鬼の次ぐらいに、こちらも、要心に要心を重ね、注意の上にも注意を払っていたのであるが、それがもう、その翌日は、二人のうち、一人の顔が思いだせない。一人の方はヒゲがあって、非常に特徴のある人だから、ハッキリ記憶に残っているが、一人の方は、平凡な、好人物らしい青年で、どうしても、シカとわからぬ。翌日、路上で、その人物らしい人に会った。先方も、私を意識している様子で、ハテナと思ったが、どうしても、私には断定がつかない。そして、スレ違ってしまった。それが二時間にわたって対談したその翌日の出来事なのである。

帝銀の場合に於ては、たかだか十分ぐらいのことであり、私が税務署を意識する如き特別の関心をもって、銀行員たちがこの犯人に注意をさしむけていたとは思われないのである。

まして、それから半年以上の月日がたち、しかも、多数の意見を寄せ集めた似顔がつくられ、個々の意見の上に色々と他からの影響が作用して、記憶は混濁しているに極っているのだ。したがって、自分ではハッキリ記憶したつもりの顔が、実はその多くが後日他からのハタラキで修正附加した部分が多いのだから、イザ実検となって、断定し得なくなるのは当然なのである。自分でハッキリ記憶が残っていると信じ得るだけ、むしろ、他からのハタラキが多いのだと言い得るであろう。したがって、犯人に似ている、という以上の断定は不可能であろう。

いかに首実検の証人たちが、記憶が不明確で、他動的であるかと云えば、ここにハッキリした証拠があるのである。九人だか十一人だかの証人のうち、似ているが犯人でない、というのが六人だかで、なんとも断定できない、というのが四五人おり、然し、犯人よりも耳が小さい、という点で十一人全部の意見が合ったという。

みなさん、このバカらしさを良く考えて欲しい。長年の友達じゃあるまいし、たった十分ぐらい会っただけの人間の誰が耳まで見ていますか。それは、なかには、一人二人、耳まで見た人があるかも知れぬ。否、位置の関係上、顔は良く見なかったが、耳だけは良く見た、という人も、あるかも知れぬ。然し、それは例外で、十一人全部が耳を見ている筈はないに極っているのだ。試みに、あなた方の友人の耳について思いだそうとしてごらんなさい。長年つきあった友人の耳ですら、耳なんか、殆ど記憶しておらぬものだ。メガネをかけてるか、かけてないか、そんなことすら、友人ですら、時にアイマイではないか。

しかるに、驚くべし、十一人の証人全部、そろって、真犯人よりも耳が小さい、という点で意見の一致を見ているのである。したがって、この十一人の証人の証言が、いかに他動的に作用されているか、バカバカしいものであるか、明瞭ではありませんか。

だから、このような事件では、首実検は、証拠とはなりにくいもので、一応似ている、ということを確かめる以外に意味は少いものである。

しかるに、ジャーナリズムは、首実検で犯人の断定が得られなかった、というだけで、容疑薄れる、と即断する。このジャーナリズムの断定態度というものには、知的性格がまったく欠如しているのである。軽率であり、感情的であり、合理性を欠いている。

まだしも、警視庁の態度には、必然性があり、合理性があるのである。

先ず、第一に、H画伯が、二月十日から、北海道へ、現れ、自宅へ帰らない、ということ。

この事件の犯人が、行方をくらます方法としては、当然こんな方法が用いられる筈で、二月十日ごろというと、人相書などが廻って、似た人間がヤタラとひっぱられた頃ではないかと思われるが、犯人が逃げだすとすれば、先ず、この頃だということが考えられる。警察が、こういう点へ目をつけるのは当然で、ここには合理性がある。

第二に、松井氏との名刺交換、及び紛失、及び、名刺について偽証していること。名刺をスラレタ、という証言に対しては、それ以上、追求は不可能であるが、名刺に住所を書いてもらった、という偽証がおかしいから、この点で、容疑をかけられたことにも、必然性がある。

第三に、十万円ほどの金の出所がアイマイであること。この点を追求して明確にすることは最も大切で、この事件の真犯人をあげるとすれば、今日に至っては、こういう点で追求して、真相に迫って行く以外に、さしたる極め手はない筈なのだ。ただ、他の犯罪手段によって金を入手している場合に、取調べが困難フンキュウする怖れがあり、探偵小説のトリックには、こういう場合が大いに利用されているのである。

しかるに、ジャーナリズムは、金の出所などが、最も大切な極め手であることをさとらず、首実検などを重視し、他の更に重要ないくつかの追求が残されているにも拘らず、首実検が終ると共に、容疑薄れる、とくる。その非知性的なること、論断の軽薄なること、まことに、呆れ果てたる有様である。

警視庁側が、七十人の刑事を待機させ、証言に応じて直ちに真偽たしかめに走る用意をととのえて調べにかかったことは、当然な態度で、七十人は少なすぎるぐらいである。

H画伯が、写真撮影に故意にシカメッ面をしたということも疑わしいことではあるが、これは刑事の主観的な観察でも有りうるから、この点で容疑を強める理由とはならない。然し、もしも真犯人が疑いをかけられ、写真をうつされる場合には、事実に於て、シカメッ面をしたくなるのが当然で、この点が考慮されるのも、不合理ではない。

H画伯が護送される時の態度がはじめて放送された時、（メッタに放送をきかない私が、偶然にも、この放送をきいたのである）車中に上衣をかぶって、顔をかくしていた、ということは、たしかに異様に思われた。然し、新聞記事を見ると、本人の意志が顔をかくさせているのか、刑事一行の意志が顔をかくさせているのか、判断に苦しむけれども、本人が顔をかくしたとすれば、この心理は奇妙である。然し、多くの人間の中には、色々の性癖の人があるのだから、特殊人の特殊心理を考慮におかなければならず、心理学者が当人の平常の心理を観察して、平常このような心理の人なら、真犯人でなくとも、このような時には顔をかくしたがるかも知れぬ、という点を一応つきとめるべきだろう。一般的に云って、顔をかくすのは、おかしい。水戸の容疑者がヘイチャラな顔をして、アア、帝銀の問題ですか、と笑って云ったというのは、真犯人でなければ、それが当然そうあるべきことなのである。

私は、H画伯が真犯人か、どうか、それを論じているのではないのである。私などに、そんなことを論じうる能力があるべきものではない。

ただ、私の言いたいことは、H画伯には、ともかく、容疑をかけられて然るべき合理性があった。金の出所とか、松井名刺の行方とか、二月十日から他出したこととか、それに明確な解答が与えられざる限り、容疑をかけられるのは自然で、そこには、不合理はないのである。

首実検などという、原始、素朴、文化以前の方法に殆ど信頼の大半をかけているジャーナリズムの軽薄さを、指摘したかったのである。

然し、警察も、大いに責めらるべきだ。首実検が、かく人々に信頼さるるに至ったのも、元はといえば、当局のつくった似顔絵という反文化的方法に、責任があるからだ。

又、当局は、アリバイ、ということを云う。半年以上もたっているのに、アリバイなんかが、何の役に立つものか。アリバイというのは、事件後、せいぜい一週間ぐらいが生命で、半年前に何をしたか、忘れているに極っている。

容疑薄れると見るや、ガラリと一変して、人権を論じ、当局をせめるジャーナリズムの正義感、これ又、滑稽そのものである。

人食い事件を創作したのも、新聞ではないか。水戸の容疑者を騒ぎたてたのも、新聞ではないか。太宰情死を社会問題として騒ぎたてたのも、新聞ではないか。一方に自分で騒ぎたてながら、同じ新聞の論説めいた欄で、文士の情死など騒ぎたてる世相は苦々しいなどと、自分でやっておきながら、責任を人に押しつけているのである。どこに良心があるのであるか。新聞以外の他のいかなる職業に於ても、一方に右を指し、一方に左をさして、恥なきことは許されぬ。新聞だけが、それを行って、恬《てん》として、恥じるところがないのである。

言論の自由と称し、報道の責務と称し、その美名や権力を濫用するもの、新聞の如きものはない。新聞の犯人製造は日常のことではないか。

容疑者H画伯を衆人にさらす、人権ジュウリンではないか。然り、たしかに、人権ジュウリンである。たしかに、よろしくない。隠したいハジをあばくのが良くないことであるなら、太宰の死体だって、撮影しようとしないのが本当ではないか。彼の破りすてた遺書などを、発表しないのが本当ではないか。第一、H画伯の顔を衆人にさらすのがイケないなら、その写真を新聞にのせなければ良いではないか。

新聞は報道だけでよろしいのだ。だから、H画伯の写真はのせてもよろしいのです。慎しむべきは、軽薄なる正義感である。正義というものは、深く、正確な合理を重ねて論ぜらるべきもので、その日その日のネタとりの如き心で、とりあげて論ずべきものではないのである。ジャーナリズムは、慎ましくなければならぬ。ジャーナリズムこそ、最も、大いに、人権を尊重することを知らねばならず、自らの職業的特権濫用を反省しなければならぬのである。

（「オール讀物」一九四八年十月号）

哀れなトンマ先生

「漫画」という変な雑誌へオツキアイするせいではありませんが、私は、どうも、ブンナグラレルかも知れませんが、帝銀事件というものを、事の始めから、それほど凄味のある出来事だと思っていませんでした。

私が、ヒドイ奴だと思ったのは小平〔義雄〕という先生で、この先生はイヤだった。どうにも、むごたらしくて、救いがない。まるで、それがオキマリのように、必ず女の子をヒネリ殺して、この先生は人間らしい苦しみは殆どもたなかったに違いない。これは、やりきれないことです。

そこへ行くと、帝銀先生は、てんで、トンマな、オロカ者なんでしょう。事件の性格がそうなんですね。荏原《えばら》の銀行では、マンマと薬品をのまされたけれども、薬のキキメが現れない。そこで支店長と三十分ほど世間話をしていたそうですね。中井の銀行では、疑って薬をのんでくれないから、これも三十分ほど、支店長と世間話をして、マア、チョット、消毒だけしときましょうと、小切手だかに、チョイチョイとフンム器みたいなもので消毒したんだそうですね。

　ツラツラ失敗のあとを尋ぬるに敵を信用せしめるレッキとしたマーク入りの腕章がなかった。又、附近にホンモノの病人がいて、その病人の住所姓名を心得ていないとダメなんだ。これを先生、さとったんですね。そこで、ついに椎名町《しいなまち》で、成功致された。成功致されたけれど、まったく、偶然の成功ですよ。

　つまり、荏原と中井の失敗によって、たまたま発見した術を用いて不思議に成功しただけのことで、この時は、こう、あの時は、こうと、他のあらゆる危険を考慮して成功致されたわけではないのであります。

　一人のまない人間がいても、すぐ失敗する。

　たまたま一人便所にいても失敗する。外から誰かが這入《はい》ってきても失敗する。オレは、もう、昨日チブスの注射をしたんだい、という給仕が現れてもダメなのであります。

すると帝銀先生は、又、三十分椎名町支店長とムダ話をして、新知識を会得して、むなしく引きあげたかも知れません。そして、その新知識の対策を用意して、たとえば、誰か、便所にいる奴はないか、と注意する術を新たに会得して、四軒目に現れたでしょうね。フトウフクツですよ。然し、おかしくなるほど、トンマだとは思いませんか。

もしも椎名町で、殆ど有りうべからざる偶然の成功がなければ、恐らく、この先生はむなしく数十軒の銀行を遍歴し、その度毎に新手の術を会得しつつ永遠に遍歴しつづけたかも知れません。その程度にトンマな先生のように私は思いました。

然し、椎名町で、イザ、成功してみると、あまりにも、現実に、かの先生の目の前に展開した出来事は凄すぎました。

この凄味を正確に、予想してはいなかったほど、この先生はトンマなように思われます。イザ、目の前に展開した出来事はあまりにも凄すぎたですから、先生は、慌てた。手近かにあった小金だけしか持ち帰る算段がつかなかったほど、彼は、つまり、事件そのものの兇悪な結果を、事前に認識していなかったのでしょう。

翌日小切手を受取りに行くのもズブトイというより、トンマ、マヌケ、なのです。

バカモノなのです。小切手の署名が殆ど真実の筆蹟らしいのも、マヌケの証拠以外の何物でもないでしょう。

私は、この犯人は、マヌケからマグレ当りに成功し、マグレ当りだから、警察が、なかなか、つかまえられないのだと思っていました。今でも、そう思っています。

「オール、キャッシュ」

「オール、メンバー、あつまれ」

などと叫んでいるところ、まったくトンマな愛敬であって、私は呆れて、腹も立たないのでした。こういうトンマな先生に、マンマとマグレ当りに、してやられた十二名の被害者は気の毒です。犯人先生も、わが犯罪の余りの凄味に驚き呆れたと思います。

にも拘らず、たった一万七千円かの小切手を翌日ノコノコと、筆蹟を隠さぬらしい署名をして受けとりに出かけるとはよっぽど金がほしかったのでしょう。この小さな金額を得ることと、この大罪人として捕われることとの計算すらも立たないほど、彼はトンマで、ただ、もう、金に目がくらんでいたのでしょう。

この一事だけでも、私は犯人のノンキさ、トンマさ、バカさに、確信をもっていました。

　だから、私は、この事件の結果の凄味にも拘らず、犯人がトンマのせいで、事件の本質的な兇悪さを感じていなかったのです。

私は小平先生は、イヤらしく、汚らしく、にくらしくて、たまりませんが、帝銀先生は、今でも、そう、悪者だと思っていません。たぶん、このトンマ先生は、非常に知性が低いのだと思います。もし、知性が高ければ、こんなことはやらなかった。知性はある種のことには実行力を、ある種のことには抑制力を与えてくれるものです。彼はトンマですから、こんなことをやりました。

　無性に金の欲しいこのトンマも哀れな先生、悲しい先生ではないでしょうか。先生は、金に、目がくらんでいて、あとは、何も見えなかったのではないでしょうか。哀れなトンマ先生。

（「漫画」創刊号　一九四八年十一月）

下山事件推理漫歩

江戸川乱歩　中館久平　坂口安吾

眼鏡など出ねば他殺

江戸川　やはりこれは、なかなかの難事件ですよ。今までのところ確認されているのは、まず解剖の結果だが、法医学の立場から中館さんはどう見ていますか。

中館　第一私は解剖に立会っていないし新聞で読んだ範囲を出ないが、他殺自殺の判定は一概には下せない。先ず出血点の問題だがそもそも出血というのは身体の外部だけではなく、内部にも出血ということはある。皮下出血もあり、筋肉出血もあり、粘膜出血もある。が原則としては生前に轢《ひ》かれたものは出血が多く、死後のものは少いということになるのが法医学上の常識だが生前轢かれた場合でも瞬間死は出血が少い。京都裁判医の矢部春利氏の報告によると一四六件の轢死体のうち九パーセントは出血多量、一六パーセントは出皿やや多量、七〇パーセントは出血少いとなっている。

江戸川　われわれの常識にはなかったね……。

中館　従来の法医学の本が悪いんですよ。従来法医学の本では轢死の場合出血は多量とされ、それが常識となっていたが必ずしもあたらない。訂正の必要があると思うね。

坂口　轢断の個所が、足、手、首というようにはっきりわかれているから、瞬間死ではないと思う。虫のいきでいたものを轢いたと思うが……。

江戸川　そこが問題だと思うんだが……七〇パーセントは出血が少いというのね。たとえば頸動脈をきられた場合などは当然出血が多いと思うが、出血すべきところを轢いても出血しないというの？

中館　矢部氏の報告では轢かれた個所についてふれてない。大ざっぱな統計なんだ。瞬間死でも一分か二分ピクピク生きていたという場合などは出血は多量だ。

坂口　僕は法医学のことはよく判らんが睾丸をけられているところを見ると他殺だね。

中館　睾丸の傷が轢かれた時出来たものか以前に出来たものかが問題だ。

江戸川　両方ともあり得るね。しかし自殺だとは思わぬ。第一心理的に推察してああいう地位にある人があんな死方はしないだろう。どこかの新聞に下山氏は子供の時から汽車が好きだったから死ぬ時も汽車をえらんだと書いてあるが、いくら汽車が好きだからってそのために汽車で死んだなんてとても思えないね。列車自殺なんてインテリの手段じゃあないよ。

坂口　汽車自殺をする奴はインテリじゃないなんて絶対いえないね。自殺者の心理は判らんものだ。

中館　そう、それはいちがいにはいえないよ。自殺者の心理は常識をこえているからね。

江戸川　物的推察からしても眼鏡が出てくるまでは自殺とは思えない。出なければ他殺だ。

坂口　煙草道具が一式ことごとくなくなったのは自殺とすればおかしい。普通別々のポケットへ入れるのがあたりまえだ。

江戸川　誰かが死体現場から拾っていく場合もあり得るがこの事件では考えられない。更に脅迫され恐怖の余り自殺するとか、銀行の不正の発覚をおそれて自殺するとかいうこともあるが、しかしこの事件ではこれも考えられない。かりに下山氏が自殺したとすれば発狂した場合以外に考えられないね。

坂口　しかしあらゆる人間は自殺の原因は持っている。

中館　不眠症にかかって自殺的な気持になるというのはよくあるからね。

坂口　僕も二度やった。大臣ともなればひどいと思う。

中館　あの人の私的生活からみても……。

坂口　可能性の問題だね。

江戸川　仮死状態のところを轢かれた場合もあるからね。

中館　そういう点で死因が不明なんだ。確率の多い点は轢かれたという点、これはいえるね。問題は生前か死後かだ。

坂口　僕の結論は他殺だね。それも非常に計画的なものだ。先ず三越だがあそこへ二度もいったし司令部との会見もすっぽかしたくらいだからよほど重要な待合せにちがいない。そこでむざむざ連れ出されるわけはないから、誰かおとりを使ったと思う。勿論おとりは殺されている。下山氏の死因は睾丸だね。鉄道を利用したという点、あの時間にすれ違う列車がないということをネラった点、これは鉄道関係者でないとわからないね。ライトの死角を選んだところなどは実にうまい。カバンが自動車の中においてあったのだから「五分間位待て」といったのは本当だろう。これは自殺をカムフラージュすると考えられないこともない。しかし僕は計画犯罪だと思う。末端ではあるが政治的背景が何かあると思う。

江戸川　もし鉄道関係者の犯罪だとすると第一カーヴを利用したこと、ライトの死角をねらったこと、貨物列車を使ったことなどとうなずけるがね。

中館　時計の問題ね、あれはどうですか。

江戸川　計画的な犯罪ならギリギリ捲いてあるのはおかしい。針が十二時二十分をさし、ネジが一杯ならすぐ誰かの仕業だとわかってしまう。最初に時計を発見した人が試しに捲いて一杯にしてしまったのかも知れないね。そういう人があったら早速申出るべきだと思うね。

坂口　またもう一つは三越からの失踪の裏には女性がいるとも考えられるね。

江戸川　気持が内部にあっても実行する者は少いんじゃないかと思う。下山氏をよく知っているね。女性関係は？　もしありとすれば他殺とどう結びつくの。

坂口　女がおとりになったんだね。

江戸川　主犯者は？

坂口　恋愛関係の恨みの人じゃない……。

中館　他殺としてもいっこう容疑者らしいのが挙って来ないね。

江戸川　新憲法で昔みたいに〝一寸来い〟とひっぱって来れないんで当局も困ってるんじゃないかな。

坂口　最近は集団的な犯罪が多いからね。

江戸川　政治的問題にからんでいて捜査が停滞しているとも考えられる。

中館　しかしもう十日間以上もたっているのに一人も容疑者が挙がらないのはおかしい。

江戸川　犯罪は計画的であればある程どっかに欠点を残すものだ。あの犯罪は偶然が非常にうまく作用したんじゃあないかね。だから手掛りもなかなか得られない。

科学捜査へ一歩前進

坂口　自殺と考えられないもう一つの理由は胃の中が空っぽだったということだ。

中館　いや、これから自殺をしようとする人間が飯など食っておれないのは当然の心理だと思う。

江戸川　食っても五、六時間もたてば空っぽになってしまうから。

中館　運転手はどうですか。

坂口　下山さんの平常の素行を知っているので遠慮して待っていたのだと思うね、つまりそういうことに慣らされてるんだよ、もし犯罪に関係あればもっと積極的になっているね。

中館　ありうるね。

江戸川　しかし場所が三越だからね、主人の行方が判らなくなれば探すのが常識だと思うね。

坂口　いやえらい人の運転手ともなれば待合やなんかで一晩中待つのなんか普通だよ。車の中で寝てれば一時間も五時間も同じだ。そんなことは問題にならんよ。それより手の指の中の油やクツの裏の土などから犯人捜査の糸口が出るかも知れない。

――油や、土もそうですが、頭の毛はどうでしょう。

中館　頭の毛はわからないですよ。その人が非常に特徴のある人なら別ですが、一本や二本では断定は困難でしょう。

――捜査本部けんめいの捜査活動について……。

江戸川　レーダーで眼鏡その他を探したことや結局みつからなかったが無いということがわかった点は大いに成功だった。科学捜査を綿密にやっていることは帝銀の時みたいにカンに頼る古い捜査から前進したという点で大いにいいね。欠点があるとすれば見込捜査につっ込みが足りないことだ。政治問題にからんでやり難くとも勇敢にやらねばならないと思う。それから靴の底をもっと調べてもらいたい。

中館　現場をもっと調べる必要がありますね。

坂口　そうです。雨が降っていても、下山氏が歩いたか、誰かに抱かれたかわかるはずだ。もう少し現場を調べてもらいたい。

自殺装わす古い手

江戸川　現場は自動車も入りにくいし、死体も二十貫近い人だし僅かの時間でしかも雨中を線路まで運ぶのは困難だというが、二〇〇メートル位の距離なら、人間を運ぶには五、六分もあれば出来る。というのは、外国の探偵小説にやはり附近で殺しておいて鉄路まで三〇〇メートルの所を運んでいくのがあるが、その所要時間が六分、この小説の著者は法医学者で、ちゃんと計算したのですから、参考にしてもよいと思うのですが。

中館　他殺説、自殺説どちらをとるにしてもともかく慎重にやってほしいね。

坂口　眼鏡が現場にないというのは、どうも殺してから運んだとしか考えられないね。

江戸川　眼鏡で思い出したが、これもフリーマンの探偵小説だが、眼鏡が問題になった事件をあつかったのがある。犯人は最初眼鏡を家に持って帰るが、足がつくのをおそれ、眼鏡をこなごなにして死体のまわりにおいて他殺をカムフラージュしたんだ。ところが捜査官がガラスを全部あつめて原形を作ってみると、どうしても出来ない。出来ないのも道理、コップのかけらが一つ入っていたんだね。そこでいろいろ調べると、犯人の家のゴミ箱の中から、ガラスを発見、顕微鏡でみるとまさしく眼鏡のかけらだったという話だ。知能的すぎるとかえって、しっぽが出るものだ。今度の事件でも他殺だとすると、眼鏡を現場においてないのは手ぬかりだった。

中館　江戸川さん、探偵小説では殺してから轢かせて自殺と見せるという手を多く使いますね。

江戸川　小説的には、古いですね。

坂口　古いとはいえないよ。この方法は一番確実だよ。

江戸川　いや古いと思うね。

坂口　古いか古くないか実際にはいえないよ。実は今度僕が書き始めた探偵小説は偶然下山事件と同じなんだ。

中館　それで古くないというのだな。（笑声）

江戸川　他殺の場合殺せば目的を達するのに何故さらに鉄道を選んだかこの点はどうだろう。

坂口　それは勿論にくしみの感情からだが、そのほか一種のデモンストレーションの意味も十分考えられるのじゃないかね。

——有力な手がかりが得られないと自然経験者のカンを頼ることになる。このカンの問題ですが……。

中館　そういうカンはあまり信用出来ないのじゃあないかな。

坂口　そういうことには、あまり記者諸君はこだわらぬ方がよいと思う。目撃者が当にならないのと同じだよ。

中館　目撃者は当にならないね。面白いことにはそれと反対に犯罪者というものは被害者の容貌とか服装などどんな低能者でもちゃんとおぼえているものだ。毛髪もあまり期待出来ないね。一本か二本の毛で識別するのは余程特徴のある人でない限り、現在の法医学の段階では難しい。男女の別ぐらいはわかるがね。これは想像だが米国の科学捜査と日本のそれでは大した差はないらしい。犯罪事件の四～五パーセントは適用できるが、あとは米国でも聞込捜査が主だ。科学捜査で全部わかるところまで行きたいが、それは理想だ。そこまで行くには前途遼遠だね。今度の捜査でも法医学の立場からのみ断定するのは危険だと思う。

――死亡時間の判定については中館さんどうお考えですか。

中館　死後硬直の状態からはっきりした死亡時間を断定するのは現在の法医学上からは出来ないです。

江戸川　何時から何時までの間というふうな大ざっぱなところもわかりませんか。

中館　それもはっきり断定出来ませんね。排障器が曲っていたという問題にしても人間は死んでからの方が弾力性が強くなるものです。また骨なんかも死後の方が生前より折れにくいものです。総じて身体の抵抗力が強くなるものですから排障器がかんたんに曲ることも当然おきるわけです。元来医者は患者のおもり役で心臓病とか脳病には何とも、手の下しようのない弱い所があるものですが、法医学にもこういうことはいえると思う。

――結論して法医学者の立場から何かお気づきの点は……。

中館　現場も解剖にも立会っていないから何ともいえないが、またいうはり合いも生じないが、こういう重大な事件は、現場なり解剖なりに全法医学者を立会せ、日本法医学会の見解として発表すべきだと思う。いずれ秋あたりの法医学研究会の席上発表され検討されようが、それではおそい。こういう点もっと考える必要があると思う。

当にならぬ目撃者

――こんどの事件では各新聞社こぞって全機能を動員し特種競争をやってますが、報道陣についてのご感想は……。

坂口　死体現場の図解ね、あれは新聞によってまちまちだ、あそこが一番大事なのに……。

中館　素人探偵が推理を働かせるのに困るというわけだね。（笑声）

坂口　素人探偵といえば、事件翌日の徳川夢声氏の推理は圧巻だったね。今となればちんぷだが……あの翌日豊島与志雄さんの所に僕と夢声氏がよって話し合いたまたま下山事件のことになったんだ。その時夢声氏曰く「僕は下山氏は現業上りだから現業員の中にも大分味方があったと思う。それらの人が常にいろいろの情報を提供していたと考える。それを感づいた一派が、逆にその情報提供者をオトリに使って下山氏を誘い出したと思う」と、ちょっと筋が通っているのでこの推理には一同舌をまいたよ。

（笑声）

中館　なかなか面白い推理だったね。話はもとにもどるが科学記事なんかになると談話などとんでもないことを書かれる場合がある。素人は気がつかないが専門家がみると、なんだあいつおかしなことをしゃべってるということになるからたまらない。科学関係取材に関しては新聞社も一応専門家を使うなり十分検討して誤りなきを期してほしいものだ。

江戸川　同感ですね。

中館　しかし帝銀事件の時、我々を訪ねた記者中にはずいぶん愚劣な質問をした人もあったがこんどの事件ではそんなことがなくなった。

坂口　新聞は他殺か自殺かを論議するより、一刻も早く真実を伝えてもらいたい。新聞の任務は報道だからね、読者はもっとも正確な克明な報道を待っているんだ。そして推理は読者の気ままに任せればよい。

（「新大阪」一九四九年七月十六日・十七日）

孤独と好色――我が人生観（四）

下山事件が他殺か自殺か我々には分らない。しかし科学が証明した結論を信用する方が穏当だから、一応他殺としておくことに異論はない。もっとも今の鑑識科学というものが、どこまで正確なものか、これも素人には見当のつかないものである。私は自殺説をとるわけではない。しかし下山氏の場合に、自殺も甚しく可能であったとは思っている。

私自身の経験から考えて、突発的にメランコリイにおちこむ場合と、ジリジリふさぎこんで衰弱狂化していく場合と、同一人でも二ツの場合がありうるものだ。しかし本人にとっては、どッちでも変りのないものであるが、他人の目から見て、別の場合に見えるにすぎないものである。

他人の目には突発的でも、当人にはそうではなくて、他人には分らないように、努力し、抑制していたものだ。この場合、彼のメランコリイは彼自身の抵抗にさえぎられて外面へ発散することを抑えられているが、病状は悪化し、隙間を狙ってとびだそうとしている。彼が大きな抵抗力を持っていれば、ついに噴火に至らずに、沈静する時期がくるかも知れない。そして彼は健全で道徳的な模範的人間として人々に賞讃されて生涯を終るかも知れない。そしてこれはあらゆる人間に当てはまることでもある。一般家庭には、女房をぶッたり蹴ったり、するのが多い。そして、そういう人たちは、あのウチはまた始まったぜと人々に笑われても、病的だとは思われず、人間とはそんなものだと思われて、一生を終るのである。

そのように単純に発散できない人々もある。彼は道徳的にそうすることができないのである。彼は自分の人間的弱点に道徳的に、又は責任感や義務感などから、抵抗する。けれども遂に抵抗が衰えて、トルストイのような老齢に至って家出して野たれ死ぬようなこともある。これを時間を狂わして、トルストイが家出する前に気力衰え、家出に至らずして瀕死の病床につき、臨終に至って噴火的な発作や、ケイレン的なウワゴトや狼藉を起したとしても、人はそれを死病のせいで、なんでもないと思うであろう。

多くの人々は自分の病気には気附かず、抵抗し、抑圧しているものであるが、又、もっと巧みに、病気をいなし、自家流の療法を自然に実行しているものである。時々の旅行のようなこと、スポーツ、魚釣り、各人各様に息ぬきを見つけ、気附かぬ病気を巧妙にいなしているものである。

私の場合で云うと、私は居を移すクセがあった。どうしても、そうせずにいられなくなり、いたたまらなくなって、突如として居を移している。学生時代は単に引越しで、距離的にも百米《メートル》、千米足らずのものであったが、だんだん距離がのびて、家出となり、放浪となった。三十歳以後は東京から京都――東京――取手（茨城県）――小田原――東京。だいたい、一年三四ヶ月の長いものから、十一ヶ月の短いものまで、一年前後の周期で移動していた。

私のような身軽な者は、そんな勝手なことができるけれども、定業のある人にはできない。だいたい精神病というものは、いつでもその土地を立ち去ることができたり、その人から離れることができたりするような、四囲と自分とのツナガリに、根柢に於て無関心なものが土台になっている限り、発病しないように思う。なぜなら、そこを立ち去れば、すむことなのだから。

無関心――この反対を私流に「甘える」ということにする。たとえば、土地や人に甘えるという関係ができると、発病し易くなるのである。甘えるものがなければ、精神病は起らない。

甘える対象は父母とか女房子供には限らない。会社の同僚、友人、先輩、保護者、上役、いろいろ有りうる。私のように、多くのものを根柢に於て無関心の関係におくことができて、多くの人からも土地からも、いつでも勝手に去ることができる立場の者とちがって、一般の人々は、家からも職場からも去ることができないような不自由な生活――言い換えれば、甘えざるを得ぬ生活をしているものだ。私のように物を突き放してサッサと去ることはできないから、屈して甘えざるを得ない。何ものかに甘えざるを得ず、甘える対象ができると、精神病は発病しやすくなるようである。

精神的な孤独人――実は非常に交友関係がひろく、世間的な生き方をしている人でも、いつでもそれを突き放し、それを去ることができるような、根に無関心が土台になっているうちは、精神病が起りッこない。（あんまり、あたりまえすぎるかな？）

つまり、精神病というものは、内臓疾患のような必然的な病気じゃなくて、他とのマサツや、そこから脱しがたい関係があって、発してくるものだろうと思う。素質は誰にでもある筈だ。特に発し易い型と、そうでない型はあるかも知れないが、そして、マサツの在り方は各人各様、また、無限であろう。

下山総裁は催眠薬を用いていたというから、病状の悪化を自覚する程度であったに相違なく、彼は意志によって、抑圧につとめていたのであろうと思う。（彼が鬱病の病歴があったことは、雑誌に発表された調書にも明記されている）ストがあったり、三国人に睾丸を蹴られたり、彼にショックや混乱を与えることが続出しており、その相当な抑制力で、やっと防ぎとめているような状態であったようだ。

こういう状態の時には、別にさしたるショックや、見るべき動機がなくとも、綱のきれた風船のように、フラフラとさまよいだすことがある。

そのときには、ただフラフラ、つないだ綱がとけた程度にただフッと抵抗を失っただけで、自分でどッちへ行って何をしようというような明確なものはない。又、明確な意志や目的があって抵抗を解いたものでもない。

ままよ、まさかの時は死ねばすむことさ、ぐらいの気持はあっても、自殺しようという意志はほとんどなく、むしろ、なんとかして生きる力をもとめ、強く生きなければ、もっと意力を恢復しなければ、ということを考えているものだ。

私の経験でいうと、こうして綱の切れた風船状態の時には、親しい人に会いたくなるのだ。いったいにメランコリイの状態には、親しい人には会いたいが、親しくない人には会いたくなくなるものだ。親しいといって一様でなく、又、マサツと関係もあって、その親しさには相当の個人差があるけれども、ハッキリ云えることは、一番親しいものではないということだ。一番親しいものは病気の原因の中にいつも含まれているのだから。だから、一番親しい女房や子供は病因の一つに含まれており、彼らの力だけでは病人をひきとめることはできない。そして、もっと別な親しい要素が貪慾に要求され、渇望される。しかし、その親しさは女房子供以上に親しいことを要しない。又、そのような親しさは有り得ないのである。つまり、やや無関心に類する親しさ、気楽な親しさ、である。いわば、息ぬきなのだ。

下山氏の自殺した現場の近い辺りに、彼が可愛がっていたタイピストが住んでいたという。このタイピストは下山氏が三国人に睾丸を蹴られた時、たった一人助けにきて介抱したインネンをもち、それ以来、彼に可愛がられるようになった。彼はそのタイピストの結婚の贈り物のことなど心配していたということである。

下山氏の綱がきれてフラフラさまよいだした時、この娘のところへ一目会いに行こうと思うのは、彼の精神状態の場合には、甚しく自然である。何かに、すがりたい。何か、親しいものに会いたいのだ。彼が何より怖れているのは孤独なのである。この孤独感の切なさは、病気になってみないと見当がつかないぐらい、切ないものだ。四十度の熱病に苦しむとき、この孤独感に似たものに襲われることを経験したことがあった。

彼と娘との間に恋愛関係などなかったに相違なく、又、そのような関係がある必要はないのである。彼のメランコリイは職域に於けるカットウや絶望感などが主因となっていたようであるが、そのような彼に風船の綱がきれたとき、最も強く思いだしたのがこの娘であるというのは、完璧なまで当然すぎるというキライがあるほどだ。

この娘は、今はタイピストをやめて、結婚しようとしており、一時は下山家の家族の一員のように親しかったが、今は離れた存在である。昔親しくて、今はめったに顔を合わさぬ存在であるということ、又、結婚の贈り物にあれかれ思い恵うほど心をかけているということ、いわば、離れていても彼の心に棲んでいるということ、彼がこの時思いだすには、まことに至当の理由をもっている。又、娘と親しくなった理由は、三国人に睾丸を蹴られたとき、他の全員は逃げたのに、彼女一人が助けにかけつけてくれたということであった。彼が綱のきれた風船となって漠然と自分の心をさがしたとき、この娘に一目会いたい、そして、それが、何か力のタシになるように激しく渇望されたのは、あんまり適切な人間がいすぎたものだというぐらい、うまく出来すぎているのである。

しかし、人間の心は一筋縄ではいかないものだ。娘に会いたいと思ってその方面の電車にのり、その家に近いところまで行っても、それだけが彼の心の全部ではない。彼はその日ＧＨＱの人たちと会う約束であったというが、その約束の時間はもうすぎている。そのことに思いつくと居たたまらぬ苦痛を覚えたであろうし、又、唐突に家族のことや、いろいろの職務のことや、それらはすべてそれらを思いだすたびに、彼を混乱させ、どうしてよいか分らなくさせたに相違ない。

彼は娘の家の近くまで行ったが、それ以上近づくことができなくて、ある距離をおいて、思いまどって歩き、茫然と休み、わけのわからぬことをしていたかも知れない。

そして、何とか旅館で休んだのは、あるいは彼であったかも知れない。女将の説によれば、その紳士は、女はいるか？　といって、ちょッと助平な笑い方をしたということであるが、それが下山氏であったとしても、彼がそのように助平なことを云ったということや、そんな考えを起したということは決して不自然ではないのである。彼が一目会いたいと思ったタイピストと彼とは、プラトニックなものであったらしく、彼はただ彼女の誠意を愛し、又、娘のように可愛く思っていた程度であったのが事実であろう。

しかし、どんなにプラトニックでも、男女のことは、底に肉慾的な願望が必ず潜在しているものだと断定してよろしいだろう。

そして、その潜在的な願望は、綱のきれた風船の状態では、かなり露骨に表面へ浮びでてくる。

彼が彼女の家の近くまで行きながら、戸口まで近づき得なかった理由の一つは、まだ彼に多少の抑制力が残っていて、うっかりすると、彼女に肉慾的な申出をするらしい自分を警戒したからではないかと思う。

もし彼女に会えば、彼は実際、オレはお前を愛していた、なぞと言いかねなかった。

たぶん、言ったであろう。

むろん、彼は彼女をそのようには愛していないのだ。決して愛人として愛してはいない。抑制力によって、そうであったわけではなく、まったく自分の娘のように可愛がった、という愛し方をふさわしいものと見るべきであろう。しかし、そのような愛情にしろ、底に肉慾が潜在していることは間違いはない。そして、綱のきれた風船状態になると、それが露骨に表面へでる。抑圧の下では隅ッこのとるにも足らぬ浮気心にすぎないものが、今や彼の意志の全部ぐらいにひろがる。すくなくとも、彼が彼女に一目会いたいと思いたった時には、ただ一目会いたいと思う程度であったが、やがて彼の意志の全部は、彼女との肉慾の遂行に塗りかえられていたのではないかと思われる。

　だから、彼は、彼女に会うや、オレはお前を愛していた、あるいは、一しょに死のう、そんなことを、いきなり言ってしまう危険をはげしく感じはじめていた。その反面には、彼女との肉慾の遂行を目指すめざましい意志が、心にひろがる一方である。

　こうして彼は、彼女の家へ近づく事ができなくなったばかりでなく、肉慾という想念に疲れ果ててしまった。そして娘を訪ねることを思いとどまって、旅館で休む。まだしも、その時は（午後五六時ごろまでは）相当な抑制力が残っていたからであったろう。

旅館で休むと、娘との肉慾の遂行という願望が、ヒョイと別の女、ただ肉慾の遂行という意慾にかわる。多少の自制心はあるのだ。女将に、女はいないか、とニヤニヤ言いかけてみて、しかし、それ以上にたって言う勇気もない。

むしろ、旅館の戸口をくぐる前に、娘との肉慾の遂行をただの肉慾の遂行におきかえて、それをめざして、旅館をくぐったのではないかと思う。

私自身の経験をヒキアイにだすと、お前のような助平は例外だと言われるかも知れないが、綱のきれた風船状態までくれば、もう人間は誰だって同じことだ。

私はこの状態になると、あれかれの女友達を思ったあげく、最後には、パンパン宿をくぐった。実際の行動として行いうるのは最後にそれだけであった。この状態になると、きまったようにそうだった。

彼は私のように気軽にパンパン宿をくぐる経験を持たないから、もっと余計なカラめぐりを重ねたに相違ない。

私はそのとき、フンドシ一つで、見る女、見る女を片ッパシから口説いて、パンパン宿を巡礼しつづけていた。そして、私が意志しつつある行為自体の狂気の沙汰をのぞけば、そのとき私と会って別の話（たとえば職業上の話や商談など）を交した人は、私をあたり前の私、いつもと変らぬ私と思ったに相違ない。酒の酔っぱらいが全的に酔っているのにくらべると、こんな時のキチガイはその意志しつつあることの狂的なのを除いて、普通の場合と変りなく見えることが多い。もっとも、もう少し度がひどくなると、そうでもなくなるかも知れない。

旅館をでて、時間がたつにつれ、彼の絶望感は益々ひどくなったであろう。夜がきた。ＧＨＱとの約束はもうとり返しがつかないし（ＧＨＱというような一つの絶対な権力をもつものの圧力が、このとき、彼の絶望感にどれぐらい大きな圧力でのしかかったか想像を絶するであろう）彼の職場ではどのようなことが起り、クビ切りどころか、彼自身がクビを切られているかも知れず、現に首脳部の人たちが彼のクビ切りを相談しているかも知れない。そのような幻想が起り、彼の関節から力がぬけ、ぬかるみへはまッた足をひッこぬく力も失せて、ぬかるみを出るまで這って歩かねばならないような状態がつづいたかも知れない。

どうしてよいか分らない。どこを歩いているか見当がつかない。しかし、たしか、電車が通っていたはず。線路が近かったはずだが。……

こうして彼の絶望感孤独感は深まる一方で、ついに自殺を選ぶに至ったかも知れないし、又、その途中に、暴漢に殺されてしまったかも知れない。しかし、衣類や所持金や高価な腕時計などが盗まれなかったところをみると、偶然出会《でくわ》した暴漢に殺されたのではないようだ。計画的殺人か自殺かのいずれかであるらしい。

★

以上は、下山総裁に自殺の場合もありうることを想定して、そのエスキスを試みたにすぎない。

私は自分の病気中の経験から判断して、人間は（私は、と云う必要はないように思う）最も激しい孤独感に襲われたとき、最も好色になることを知った。

私は、思うに、孤独感の最も激しいものは、意志力を失いつつある時に起り、意力を失うことは抑制力を失うことでもあって、同時に最も好色になるのではないかと思った。

最後のギリギリのところで、孤独感と好色が、ただ二つだけ残されて、めざましく併存するということは、人間の孤独感というものが、人間を嫌うことからこずに、人間を愛することから由来していることを語ってくれているように思う。人間を愛すな、といったって、そうはいかない。どの人間かも分らない。たぶん、そうではなくて、ただ人間というものを愛し、そこから離れることのできないのが人間なのではあるまいか。

それは人間を嫌ったツモリで山の奥へ遁世したところで断ちきることのできない性質のものである。自分とのあらゆる現実的なツナガリを、無関心という根柢の上へきずいたツモリで、そして、そうすることによって人間を突き放したツモリでも、そうさせているものが、又、何物であるか、実は自覚し得ざる人間愛、どうしても我々に断ちがたい宿命のアヤツリ糸の仕業でないと言いきれようか。

私は、そして、最もめざましい孤独感や絶望感のときに、ただ好色、もっと適切な言葉で言って、ただ助平になるということについて考えて、結局、肉慾というものは、人間のぬきさしならぬオモチャではないかと思った。

それは、他のあらゆるものから締めだされ、とりつく島もない孤絶のときに、それ一つのみが意志の全部となって燃え立ってくるのである。それを経験した人間から言えば、なんというアサマシイことだろうか、と、一度は思うのが当然であるが、しかし、実際は、アサマシイとか、はずかしいとか、そのような体裁を絶した場で行われていることであり、それを直視して、承服する以外に手のないもののようである。それは、しかし、悲しいオモチャだ。ギリギリの最後のところで、顔をだすオモチャ。宿命的なオモチャであり、ぬきさしならぬオモチャだから。

まずい食物は、それを食べなければよい。すきな食物を選んで満足することができる。しかし、肉慾はそうではない。それを充《みた》したり満足することができないものだ。肉慾に絶望して、肉慾の実行を抛棄しても、肉慾から解放されることはできないものだ。それは遁世しても真の孤独をもとめ得ないのと同じことだ。

つまり、本当に孤独になるということと、本当に性慾から解放されるということは、どこまで生きてもあり得ない。彼が死に至るまでは。私はそれを下山総裁の事件をかりて、自分勝手のエスキスで現してみた。しかし、それは、下山氏の場合だけがそうではなくて、あらゆる人間がそうなのだ。

彼がどのように偉くても、たとえば、徳行高い九十歳の文豪であろうとも、世を捨てた九十歳の有徳の沙門《しゃもん》であろうとも、彼の骨にからみついた人間と性慾から脱出して孤独になることはできないであろう。しかし、それを知って人間に絶望してみたって、話にならない。そこから現世へ戻ってきて、理性的工作に訴える以外に手はないし、そうしなければ生きて行く身の身も蓋もない話である。

遊びをせんとや生れけむ
戯れせんとや生れけん
遊ぶ子供の声きけば
わが身さへこそゆるがるれ

悲しい歌だ。我々はこの悲しさから脱出することができるだろうか。我々の理性的工作がどのようであろうとも、たぶんこの切なさを切りすてることはできないだろう。なぜなら、理性で処理のきかない世界だから。我々の骨にからみついた人間模様と性慾のあの世界だから。悲しい、しかし、いじらしい人間たちよ。

（「新潮」一九五〇年九月号）

国宝焼亡結構論——我が人生観（五）

小生もついに別荘の七ツ八ツ風光明媚なるところにブッたてようという遠大千万なコンタンによって「捕物帳」をかくこととなり、小説新潮の案内で、箱根の谷のドン底の温泉旅館へ行った。

このへんは谷川といっても川の趣きではなくて、流れの全部が段をなした瀑布であり、四方にはホンモノの数百尺の飛瀑も落下している。音があると思う人には、これぐらいウルサクて頭痛の種のところもないかも知れないが、無神経の私には、こんなに音のないところはなかった。隣の話声も、帳場のラジオも、宴会室のドンチャン騒ぎも、蟬の声も、一切合財、きこえない。女中が唐紙をあけてはいってくるのが、跫《あし》音《おと》も、唐紙をあける音もきこえないから、忽然として、女中が現れている。忍術の要領である。文明国のどこを探しても、こんなに物音のないところはないのである。私はラジオの音が何より仕事の邪魔だが、ここではその心配が完全にない。大そう私向きの旅館であった。その代り、殺人事件があっても、きこえない。ここで捕物帳を書いていると、そういうことを時々考えてゾクゾクすることもあり、おのずから捕物帳の心境となって、探偵気分横溢しすぎるキライがないでもない。

　この旅館の庭は、何百貫という無数の大石で原形なく叩きつぶされている。アイオン颱風というもののイタズラである。

　私はこの川が海にそそぐところの、小田原市早川口というところの堤の下で洪水に見舞われたことがあるが、利根川の洪水とは、趣きが違う。利根川の洪水は、大陸的に漫々的で、巨人的であり、死神の国の茫々たる妖相にみちて静寂であるが、早川の洪水は違う。こんなウルサイ洪水はない。

　箱根山上千米《メートル》の芦ノ湖から目の下の河口まで直流してくる暗褐色の洪水が、太平洋の水面より四五米の余も高く、巨大な直線の防波堤となって、一哩《マイル》も遠く海中に突入しているのである。太平洋の荒波が、この水の防波堤につきよせ、ぶつかり、噴騰するが、暗褐色の直流する水勢の凄さは、海の荒波の如きは、なんの抵抗にもならないのである。荒波のさわぎを眼下にしたがえて、暗褐色の一直線の水流は海面上数米の高さにモックリとはるか水平線に向って長蛇の如くに突入している。遠く沖合に、荒波がこの防波堤に突き当って、噴騰し、山となって盛りあがり、シブキをあげているところもある。

しかし、より以上に呆れるのは、ゴロゴロと、河底一面ひっきりなしに遠雷がとろいている音響である。何千何万の戦車が河底をしきならべて通っていても、これほどの音ではない。アスファルトの路面を通る戦車のつぶれたような通過音とちがって、こもりにこもった轟音である。

私はこの音のイワレを理解することができなかった。数日後に水がひいて、河底が露出するまでは。

洪水前までは小砂利だけしかなかった河底が、一面に、数百貫、時に千貫の余もあるかと思う岩石でしきつめられ積み重なっているのだ。それは遠く太平洋の海底に、一哩ちかく突入しているに相違ない。河底の轟音は、この岩石が山から海へぶつかり合って無限に突入してくるその音であった。洪水がすむと、河底にはトロッコがひきこまれ、無数の岩石は建築用として、洪水のなにがしかの代償となる。次の洪水がこないうちに、岩石はたちまち消えて、砂利だけの河底となってしまう。小さい河だから、一面しきつめ、つみ重なった岩石でも、タカの知れた数量なのである。あるいは、人間の消費する物の量というものが、洪水の怪力をもってしても歯が立たないほど、超自然的なものであるらしいのである。要するに、人間は自然に勝っている。そのちょっとした証拠でもある。

私は戦時中、日映に勤めていたとき、「黄河」という文化映画の脚本を書こうとしたことがある。

これは宣伝映画で、戦争中、シナ軍が退却に際して黄河の堤をきって水を落して逃げた、このために黄河の河口が数百里移動して揚子江にそそぐに至ったが、この日本軍の治水事業を宣伝映画にしようというわけだ。

前篇、後篇に分れていて、後篇がこの宣伝映画であるが、前篇は純然たる文化映画で、黄河とはいかなる河であるか、その独特の性格を知らせるための芸術効果を主にしたもの、つまり治水事業の困難さを知らせる伏線的なものである。そして万人がその困難さを納得するに値するだけの雄大独自な個性をそなえた大河なのである。私は前篇の脚本を書くことになった。

けれども、この命令をうけたのが、終戦の年である。後篇の宣伝映画の方はすでにニュースやその他の目的で撮影されたものが多くあって、それを編輯し、多少手を加えるだけで出来上るかも知れないが、私の受けもった方はそうはいかない。

日本の諸都市はバクゲキで焼野原となり、大陸でも、敵軍の攻勢がはじまったという時に、悠長に黄河の流域を奥地まで撮影して歩けるものではない。

しかし、あのころはヤブレカブレで万事につけて表裏一体をなしたものはないのだから、ハ、こんな映画を企画しております、と威勢よく言った方が上司の受けもよくて、ハ、あの辺はもう撮影ができませんから企画をひッこめました、などというと社長はこの敗戦主義者めと軍人にブンなぐられたのかも知れない。表面と裏面と、理想と現実と、全然仕事のツジツマが合いやしないが、命じる方も平気な顔、こっちも平気な顔、一切合財、日本中のあらゆる物がツジツマが合ってやしなかったのだ。

とにかく戦争中は、酒をのむこともできないし、見物する見世物といってはないし、まことにヒマであるから、人生の愉しみは読書である。敗戦が目に見えていて、実にどうも全く目的というものの立てがたい毎日に、黄河という課題を与えられたのはモッケの幸いであるから、さッそくシナ研究所というようなところを訪ねて、学者たち

から黄河について教えてもらう。しかし、黄河そのものは日本のシナ学者の研究対象ではないらしく、

「おききしたいのは、こッちですが、今の黄河はどこへそそいでいるんですか」

と質問をうけた。ハッキリした発表がないから、黄河がそのときどこへそそいでいるか、シナ学者でも知らない筈であった。当時は揚子江へそそいでいた。

学者たちがかき集めても、黄河に関する文献というものはいくらもない。当時入手しうるもののほぼ全部をあつめて三十冊ぐらいのものであった。私はこれを空襲の合い間合い間に、ひっくりかえって、毎日読んでいた。読めば読むほど黄河という河はおもしろい。自然華北の農業とか、風習、文化、生活、歴史、それらを知りたくなる。私は商売をウッチャラかして、半年間この読書に没頭した。すると、戦争が終ってしまった。

黄河は二三十年ごとに大洪水を起す。河南の潼関《とうかん》までは山地であるから洪水にはならないが、ここから先の海まで五六百キロの平地は、北は天津《てんしん》から、南は南京の対岸まで、黄河が流れた跡なのである。

潼関から上流の三千余キロというものは、河南、山西、陝西《せんせい》、甘粛《かんしゅく》の黄土層を流

れてくる。

華北には雨季という特別のシーズンはない。時に、三日から十日ぐらいドシャ降りの降りつづく時がある。春先に多いが、他の季節にもある。黄土層にこのドシャ降りが降りつづくとつもりつもって黄河の大洪水となるのである。

黄土層というところは木も草も一本ないハゲ山だ。ドシャ降りになると、山肌には無数のヒビができて、ヒビの中から泥の奔流がシブキをあげ滝となって斜面という斜面を落下して黄河へあつまる。これが深さ十数メートルの泥の流れとなって、シブキをあげて海へ走るのであるが、黄河の水は俗に水一斗につき泥六升という伝えがあって、だいたいに於て五〇パーセントの黄土を含み、水の流れではなくて、泥の流れなのである。

この泥が黄河の底へたまるから、大雨のあとでは河床は一どに一米の余も高くなり、やがて平地よりも十数米も高くなってしまう。堤を高くしても追っつかない。二三十年目には、どうしても大洪水を起すという必然の運命になるのである。黄河の歴史のある限り洪水をくりかえしているのである。

黄河治水は歴代の統治者の宿題であったが、今日に至るまで、成功した者はいない。

二千年前に匙を投げた学者があって、堤をつくるのは下策である、水と地を争うというコンタンがマチガイの元で、水には逆わぬ方がいい。潼関から下流の人民をそっくり他の地へ移動させて、勝手に洪水にさせておくに限るという名論をはいた。なるほど、これに限る。さすれば洪水の悲劇というものは全然起らないが、その代り、最も肥沃な農作地帯に一粒の米も実らぬということになるだけの話である。

だいたいシナという国は人口が多い。人間どもが繁殖しすぎる。こんなに繁殖すると、人口過剰で国運疲弊するが、洪水だのカンバツだのと天災が多くて、おかげで年々五十万もの百姓どもが死んでくれるので、ちょうどバランスがとれている。人口調節の天意であるから、天災には逆わん方がいい、という名論をはいた学者もいる。黄河治水は数千年来の難題であり、学者たちは、それぞれヤケ気味でもあるようである。悠々として成功を説いた歴代の学者に成功したタメシがないのだから、ヤケクソの方に名論が多い。

洪水のたびに河口は移動して、一挙に数百キロも離れた海へそそぐような大変化を起す。洪水のあとは水が数年ひかなかったりするが、洪水地帯へ流れこんで一米から三米の厚さに堆積した黄土は新たに豊饒な沃野をつくり、豊かな作物を実らせてくれもするのである。もっとも、洪水がなければカンバツという天災があって、照るにつけ、降るにつけ、黄土地帯の農民は楽ではない。

シナの歴史は黄河の歴史でもあり、黄河はシナ文化の温床でもあった。黄河治水に没頭十三年、わが家へ帰るのも忘れたという禹《う》が治水の功によって王に挙げられて以来、孔子はここで王道を説き、三蔵法師は黄河をさかのぼって天竺《てんじく》へと志し、諸侯が争った中原《ちゅうげん》はこの黄土地帯であった。さらに遠く上は北京人類にさかのぼり、下はパールバックの大地に至る、人類の発生からヨーロッパ文明との交流期に至るまでシナ文化史の中枢を徹頭徹尾貫くことに相成った。

日本王朝ならびに日本文化発祥の地、大和に於ても、古代日本を象徴する一本の川が流れていた。曰く、飛鳥川である。

万葉の詩人は、有為転変の人の世を飛鳥川になぞらえて、昨日の淵は今日は瀬となる、と詠歎し、彼らの生活に於て変化の甚しきものは川の流れであることを素朴に表現しているのである。ジュウタン・バクゲキも鉄砲すらもなかった古代に於て、川の流れが、彼らの生命である土地に最も大きな変化を与える怪物であったことは、ジュウタン・バクゲキを数度にわたって経験した小生に於てすらも、文句なしにこれを認めることができる。早川口に於て、利根川に於て胆を冷やし、下っては書物で黄河を読んで舌を巻いたからである。

しかしながら、飛鳥川というものは、川の幅が三間ぐらいしかないのである。山から流れてくるけれども、耳成山だの天ノ香具山だのウネビ山だのという箱庭程度の小づくりの山からチョロチョロと流れてきて、古《いにしえ》の帝都の盆地を走っているにすぎない。

私が小田原で胆を冷やした早川は、谷底を九十九にまがった分を勘定しても、全長五里か七里ぐらいのものだろう。けれども、これは、千米の芦ノ湖からたった五里か七里ぐらいで海へ突ッこんでしまうのだから、大雨至るや、ジュウタン・バクゲキをくらった男が改めてドギモをぬかれるほどの大きなことをやらかすのである。

飛鳥川は玉川上水と同じぐらいの小川にすぎない。

大黄河にもみまくられて育ったシナの歴史や文化にくらべれば、飛鳥川に有為転変の感懐を託していた日本文化の源流というものは、温室育ちも極端であり、あまりにも小さすぎて、いじらしく、悲しく、おかしく、異様ですらある。

★

金閣寺に放火した犯人が「美に対する嫉妬」と言ったり、「見物にくる人間への反感」と言ったという新聞記事の報道は、犯人がそのとき、そう言ったという事実を伝えているかも知れないが、犯人の本当の心がそれにつくされていると考えるのは速断にすぎるであろう。犯人というものが本当の心を言わないという事ではなく、人間というものが、真実を語ろうと努力している時ですらも、表現が思うようにできなくて、頭の中にあることと相当ヒラキがあるような、自分にとっても甚だ空疎でヘタな説明しかできなかったりしがちなものである。犯人が罪を犯したか否か、というような返答の場合ではない。特に、観念的な事柄の表現に於てである。そして、私のように、それを表現することが商売の人間ですらも、自分の観念を思うように表現するには時間も技術も必要であり、うっかりすれば、人の言葉の借り物となり、自身考えつつあることとは相当ヒラキのある妙なものとなってしまいがちである。

つまり、美に対する嫉妬、ある階級への反感、というようなことは、その一つを執りあげて言葉の真実を主張するには、微妙にすぎるものである。思考の老練家が、自分の観念を分析した場合でも、このような結論を真実なものと断定して提出することは、一朝一夕の推考ではできがたい。

まして捕らわれた犯人というものは、真実よりも、虚偽を、虚偽よりも、むしろ虚勢を語り易いものである。彼らが最も真実であると肩をそびやかして語ることを、彼がこう語った、という事実として新聞が報道するのは当然であるが、文士や学者や社会批評家という啓蒙をもって天職とせられるお歴々に至るまでが、これを真実として批評の対象とせられるのは、どうかと思う。

こういう時には、まず、疑ってかかるものだ。それは、人を疑るからではなくて、こういう場合に想定せられる自分自身を疑らざるを得ないからだ。

美に対する嫉妬、見物人に対する反感、そういうことを、この犯人が考えたことがなかったというわけではない。そういうことも考えたことがあったであろう。しかしながら、真に彼が火を放った原動力というものは、果してかかる観念的な結論から到達した決断であったか、どうかは疑わしい。

私は思うに、人々は（立派な文士、学者、社会批評家、美術家をひッくるめて）焼かれた金閣寺という建築物に重点が置かれすぎて、判断に公平を失したのだろうと思う。金閣寺でなくて、もっと名もない建物に放火したのであったら、彼がもっと深遠な放火動機を述べたてても、まるで犯人の言った言葉が「生き物」として扱われるような、変な取扱いをうけることにはならなかったであろう。

私はこんな青年はザラにいると考えているのである。彼はたぶん変質者で、同居人や、主人筋の人々に愛されず、ひそかな反抗を内攻させて、あげくの放火であったろうと思うが、たまたま彼が金閣寺に住んでいたから、金閣寺に放火するに至ったまでのことである。彼が田中という旧家の使用人であった場合には、田中家に放火したであろう。

たまたま、このような青年が金閣寺に住んでいたために金閣寺が焼かれただけのことで、金閣寺というものの特性が彼に放火せしめたのではないのである。

自分を裏切った女の顔に硫酸をブッかける犯人は、裏切ったどの女にも硫酸をブッかける必然性が彼の方にあって、彼女の方にどの男からも硫酸をブッかけられる必然性をもっていたわけではない。

金閣寺の青年は、寺内の人々への反感に次第に放火を決意するに至ったが、一番溜飲の下るのは、彼らすべてがそれを飯の種にし、彼らの生存の誇りともしている金閣寺そのものに放火することで、反感とか復讐というものが、最も主要なものを対象に選ぶのは、当然なことである。

彼が女の顔に硫酸をブッかけたり、田中家の土蔵に放火したり、野球選手の腕をカミソリで斬ったりする場合であったならば、その場合に応じて、復讐の一念のほかに、その罪を犯すことの社会的な責任とも一応は闘い、結論として、その弁明を得ていたに相違ない。たとえば、このような浮気女をのさばらせると、さらに多くの男が泣くであろう、とか、田中家の財産は代々の罪の集積であり、農民の膏血《こうけつ》をしぼって得られたものであり、それへの反感であった、とか、彼の右腕は世間を欺瞞しているから、というような。

金閣寺の彼は、対象が国宝の金閣寺であったがために、その特性に応じた責任感と一応は闘い、それに対して、特殊な弁明をも得ていたにすぎないと思うが、彼が罪の意識と闘ううちに、美への嫉妬とか、見物人への反感というようなことを真実なものとして実感していたことも間違ってはいなかろう。硫酸をブッかけた男が、かかる浮気女に社会的に制裁を加える、というような、自分を離れた正義心を実感していたとしても、その真実を疑うことができないのと同様である。

又、私は、金閣寺が焼失したことについても、新聞に雑誌に、多くの識者が、国家の一大損失であるかのように説き立てることに対しても、まったく賛成していない。

私はこれに対しては、方丈記の思想や、黄河の二千年前の名論の方に賛成であって、生あるものは滅する、木で造ったものが火に焼けるのは当然だ。火や地震と争うのは愚なことで、今後の人間は鉄とコンクリートで造った家へ移りすんで、木で造ったものは、燃えたり崩れたりするにまかせて一向に差支えない、という考えなのである。

私はしかし二千年前の黄河学者ほどヤブレカブレではないのである。

只見川上流の山岳地帯をダムにすることとなって尾瀬沼一帯の湿原帯が水底に沈むこととなり、日本に、又、世界に、ここだけしかないという植物の繁殖している貴重な文化宝庫を失うことになるについては、政府のやることは文化を無視して目先の企業に走り怪《け》しからん、という説がある。新聞などの記事によっても、植物博士の肩をもつ調子のものが多いようだ。

しかし、尾瀬沼地帯を水底に沈めてダムにするという計画は終戦後に始まったものではなくて、戦争前の計画であり、そのころから、珍植物の宝庫を失う可否については、ジャーナリズムの片隅で問題になっていたことであった。

尾瀬の珍種というものが発見されて何十年もたっているのに、それに対する徹底的な研究を怠っていた植物博士の怠慢の方が、政府の企業よりも、非文化的だと私は考えているのである。たかが十種類ぐらいの植物じゃないか。その生態をトコトンまで究めるに、何十年が短い時間だとは思われない。尾瀬の開発が、世論にのぼってからでも十余年の年月を経ているのに、その責任に対しても特に研究するということがなく、たった十種ぐらいの植物の存在をタテにとって、広大な高原を自分の不急の研究室として原始のままで保存させうるものときめている植物博士の頭の悪さの方が度しがたい。研究室なり、他の山地なりへ移植を試みる努力をしたという話もきいたことがない。よしんば原物の保存ができなくとも、今日は、後世にミイラを残す時代ではなく、昔のミイラを現代に多少とも復元しうる時代なのである。科学的方法によって、たかが十種ぐらいの生態を原型にちかく、後世に伝えるだけの研究に時間の不自由はなかった筈である。あったのは、植物博士の怠慢、否、徒《いたずら》に文化、学問の美名を説くのみで、誠意ある研究に不熱心な悪徳あるのみであった。

私は文化というものを、それが人間の生活を高めることに役立つための根本的なものとして考えているのであるが、尾瀬を開発して日本の生産力を増大させようという政府の企画と、たった十種の植物のためにあたら大面積の高原を自分の不急の研究室に保存しようという植物博士のコンタンと、どっちが文化的であるか、という点については、躊躇なく政府の方を文化的だと判定するものである。他に適当な場所はいくつもあるという説があるが、この狭小な日本の国土で、果して、適当な場所がいくつもあると思っているのであろうか。自分の専門のたった十いくつの植物についての研究も手ぬかりだらけのくせに、専門外のことに、利いた風なことをいうのも滑稽千万であろう。

金閣寺が消失した、文化財の一大損失だというけれども、私もたいがいの国宝建造物は見てまわったが、金閣寺も、銀閣寺も、法隆寺も、決して美しいというようなものではない。歴史とか、美術史とか、そういうものと馴れ合いの上で、色々とツジツマを合せてから、ようやく一応の歴史的な美を納得することができるという性質のものでしかない。

歴史的な記念物という意味に於ても、建築的にいつでも原型のまま復元できるだけの資料を後世に伝えることはできる筈である。こういう種類のものは、それが正確でありさえすれば、模型で保存するだけでタクサンだ。その原物を見せる手段すらもはばんでいる法隆寺の坊主などが論外であり、文化の為に戦うなら、こういう坊主と徹底的に戦うのが、専門家の専門家たるネウチなのだが、自ら坊主退治に戦うべき本分を忘れて、人が火事退治をしてくれるべきものという他力本願に依存しているから、日本の美学者だの歴史家などというものは、口に文化の美名を説き、金閣寺焼亡、政府の怠慢、妙なことを口走るが、私はどう考えても、政府の怠慢よりも、学者の怠慢、学者の頭の悪さというものではないかと思う。

金閣寺は観光日本の一大資源、という意味に於ても、私は過去の遺物が観光客をひく一つの理由となりうることを認めはするが、もっと大切なことはホテルとか道路の建設、観光地帯の積極的な公園化の方がより大切で、観光客向きの遺物としての価値からいっては、金閣寺よりも広島や長崎の原バク記念地の方が、どれくらい国際観光客をひきつけるものであるか知れないと考えている。金閣寺の焼亡をなげくよりも、広島、長崎のバク心地を積極的に保存、公園化する計画を実行した方が、千客万来うけあいの観光計画向きなのである。

終戦後、国際的な資力と科学を動員して、黄河治水を徹底的に完成する、というような計画があったように記憶するが、中国が内戦となって、それも一朝の夢であったらしい。

私は法隆寺だの金閣寺にくらべて、早川の洪水が暗褐色の防波堤となって一哩も海中に突入している力感あふるる景観に、比較にならない美を感じているものであるが、さらに大黄河の泥シブキをあげて溢れたつ洪水の凄さに至っては、雄大きわまりないものであろうと考えている。

しかし、この歴史的な怪物を、ついに五千年の人智の苦闘の後に征服する大施設というものは、これこそ真に文化の記念碑であり、我々の努力は、すべて過去の遺跡の如きものを失っても、かような建設のためにささげられなければならないと考えるものである。文化というものは、過去にもとめるよりも、未来にもとめる建設の方が大切なのである。

すべて人間の生活の敵なるものを征服して、我々の生活を高め、安定させることをもって、文化の正しい目的と考えなければならない。

ついに大黄河を征服する設備が完成した時には、それは雄大なる設計に於て万里の長城の比ではない。

金閣寺の焼亡などというものは、美としても、歴史記念物としても、観光資源としても、識者がそろって泣き言をならべたてるほどの実質的なものは、ほとんど少しか具っていないものだ。水鳥の羽の音に驚き、飛鳥川の洪水に咏歎をもらすたぐいだろうと思うのである。

大黄河にも及びもつかないが、利根川の水害をなくし、只見川の発電所をつくるぐらいのことは、文句なしに、とりかかるだけの国民的な見解をもちたいものだと思う。文化というものを、そのような積極的な力として見ることを基礎とした上で、再び悠々と古代へ遊びに赴くべきではないかと思うのである。

（「新潮」一九五〇年十月号）

日大ギャング——我が人生観（六）

　この原稿を書こうという予定の日になって、久しく忘れていた胃ケイレンを起した。まだ夜の十一時半である。ダンスホールのバンドの音がきこえていた。

　私の毎日は夕方の五時六時ごろから七時八時ごろまで、酒をのんで、すぐねむる。十一時半か十二時ぐらいに目がさめる。それから仕事にかかる習慣であった。

　机に向うと胃が痛みだした。胃が冷えたせいらしいから、帯をグルグル胃にまいて、しばらく仰臥してみたが、痛みは激しくなる一方だ。たまりかねて売薬を買いに走らせた。

　医師に診てもらってモヒでも注射してもらうとすぐ痛みがとまると思ったが、今は新聞小説を書いていて、一日一回ずつギリギリに送っているのである。モヒはよほど打たないと、私には利かない。利くと眠るけれども、目がさめると、一昼夜ぐらい吐き苦しまなければならない。吐き気があまりひどいので、いつも医師が呆れるのである。だから、万策つきた時でないと、モヒを打ってもらわないようにしているのである。

痛みはひどかった。七転八倒というほどではないが、エビなりに身をまげて、自然に唸ってしまう程度である。モヒを打ってもらうべき場合であったが、あいにく、新聞小説がある。注射で痛みをとめてもらうと、眠ってしまうし、目が覚めたあとでは吐き苦しんで、新聞小説が書けなくなる。仕方がないから、売薬で激痛を殺しながら、仕事をつづけた。これが、よくなかった。

朝方、新聞小説一回分書きあげると、胃の痛みは一応おさまったように見えるが、実は大爆発のあとの火山と同じようで、表面に噴煙は立たないが、火口の底に熔岩がプスプス紋状をえがいてガスをふいているのに似ている。まったく火山をだいているのと異ならない。薄氷をふむ思いである。身体の屈折によほど気をつけないと、いきなりグッと痛んできそうで、それ以上机に向っていられないから、新潮の原稿はカンベンしてもらうことにしようと、東京へ使いをやった。

しかし、カンベンしてくれない。それから三日すぎて、今もって、胃に火山をだいている。腰の屈折のたびに薄氷をふむ思いで、もちろん酒はのめない。一滴の水をのんでも、その結果をジッとまつような不安な気分が、自然身についている。酒をのまないと眠れないから、書物を二三十冊とりよせて、三日間、ねて本をよんでいた。だから、目が痛い。この町は夜間十一時ごろまで電燈が暗くて、やりきれない。机に向って上体を屈折していられる時間は、新聞小説を書くだけで、精一パイであった。

しかし、今日はギリギリであるから、どうしても机に向かわなければならないが、なんとなく思考力がキマラないのである。そして、持続力がない。注意力がサンマンである。胃の方に重点の何分の一かが常に残っていて、全部を頭に集中しつくした統一感にひたる時間が乏しいのである。仕方がないから、ねころんで考える。又、机に向う。同じことをくりかえして、時間を費してしまった。

今日〔十月一日〕の夕刊読売に、山際（日大運転手。百九十万円強奪犯人）の獄中手記というのが載っていた。それを読んで、ふと感想があったので、それを書くことにします。

獄中の手記は全文ではない。むろん当人に会ったわけではなく、私が山際某について知っているのは、新聞の報道だけだ。まだ捕縛されたばかりだから、彼に関する報道はまったくジャーナリズムの紋切型の観察や断定だけで、彼の個性を伝えていると思われるものはない。こういう際物について不足な資料で感想をのべるのは好ましいとは思わないが、目下の私の状態では、ふと気がついた感想以上に、思考力をまとめることができないから、仕方がない。

★

「世間から色々と取沙汰されて居る様に、僕等の世代ゼネレーションと云うものは『アプレゲール』俗に云う戦後派ですが、今度の犯行に関し僕等が特別アプレ的だったと見られるのは不愉快です」（原文のまま）

　手記の書きだしである。私のところへ原稿を送ってよこしたり、手紙で弟子入りを申込んでくるうちで、箸にも棒にもかからないという低能に限って、これと同じような文章をかくのが普通である。つまり、自分を単純な戦後派と見ないでくれ、自分はもっと独自な苦悩している人間だということを前書きしているのである。

もっとも、こう思っているのは低能に限らない。ただ利巧者はこんなことを書かないし、書いても、書き方がバカらしくない様式をととのえているだけの相違かも知れない。

しかし、彼が戦後派特有の犯罪者だというのはジャーナリズム一般の通説で、言い合したように、彼らが何を考えているか見当がつかないとこぼしている。しかし帝銀事件の犯人と、この犯人と、どっちが戦後派的だろう？ 帝銀事件の犯人の心事だって分らないことはないが、この犯人の心事はもッと平々凡々でよく分る。戦後派という特別の人間がいるという考え方がマチガイで、大人がこういう軽率な区分に安んじているから、彼ら戦後派なるものが、世代によって人間の質が違うかのような誤りを前提として思考するようになったのであろう。こういう一括的な、便宜的な見方がジャーナリズムから発生したなら話は分るが、世代論という珍奇な愚論は「近代文学」の批評家から現われたのだから、新世代の日本文学も暗澹たるものである。近代文学の世代論と、山際らの世代論と、文章や粉飾に差はあっても、世代論そのものの愚かさには何ら変りがない。両者は相棒であり、精神的同族でもある。

山際は無邪気である。日大の集金自動車の時間と道順を知っていて、待ちぶせて乗りこんだのだから大そう計画的であるが、助手台へのりこみ、横には運転手、うしろには二人の男をひかえ、たったナイフ一ッで百九十万円ふんだくろうというのである。ふんだくれたのがフシギではないか。成功を信じていたとすれば、山際の無邪気さもいささかナンセンスであるが、しかし何よりフシギなのは、易々《やすやす》と強奪された三人のダンナ方である。もしも戦後派という言葉があるとすれば、このフシギな三人づれのダンナ方がよッぽど戦後派的ではないか。警察のダンナ方が一時はこれを共犯と睨んだのは尤も千万で、それに価するだけの不可解な存在だ。もっとも、百九十万円がいくら大金だって、オレの金じゃないからな、という大精神かも知れない。

山際が捕まってから二世のマネをして、オオ、ミステイクと言ったというのは、バカらしいけれども、二世というフレコミで泊っていたあの際、あのようなことを言うのは、それほどバカげたことでもなかろう。

バカげた方はといえば、さッきの三人づれのダンナ方がどうしても犯人以上に奇々怪々的にバカバカしい。白昼である。はじめ大手町の何ントカ省前で二人降され、次に運転手が神田橋で降され、畑のマンナカではなくて、東京のマンナカ、何ントカ省という賑やかな官庁前や神田橋で降されて、犯人をつかまえるための手段ができないという三人のダンナのバカさ加減は、不可解に類する。

　山際は三人づれに向ってナイフ一ッで仕事にかかったり、東京のマンナカで、二人降し、一人降しして、まるで、私をつかまえて下さいと頼んでいるような無邪気なことをしているのである。こんな間抜けな悪党というものはメッタにない。しかし、そのチャンスを全然つかむべく頭も手足も満足に廻転しない三人づれは、世代を超越してフシギである。山際に輪をかけて、珍奇なウスノロである。私には三人の旦那方の心事の方が特ダネ的に見えるのである。

　手記をのせた新聞のミダシには「恋をするにもゲル（注、金のこと）」と、アプレ思想の一端をテキハツしたような扱い方であるが、手記の方は次のようなものである。

「（前略）今の社会を見ると若い世代が夢みる人生と（夢みるといっても決して童話的なものでなく）いうものが如何に多くのギャップ、ムジュンをはらんでいるか、少し考え過ぎると厭世的になるのも無理はないと思います。つまり余りにも物質的であると云うのでしょうか、幾らロマンチスト的に世を見ても所せん砂上の空中楼閣で、最後はリアリス的になるのです。所詮時代の流れに抗してもそれははかない努力であり徒労であると思う。僕等は恋愛するのでも始めはゲーテの若きウェルテルの悩みを経て詩的からだんだんリアリスティに終始する様になると云う事も言えるでしょう。極言すればゲル（注、金の意味）が無ければ恋愛も出来ないというムジュンに満ちた事になりそうです。確かに僕等の考えの根源を大人は理解して居ない。極く単純にギャバ族とかアプレとか一口に言って片づける筋合の物ではないと思う（後略）」（原文のまま）

　この文章の要点を翻訳すると、若い者が今の社会に夢をもっても、社会の方が余りに物質的であるから、ロマンチックな夢はくずれ、リアリスチックにならざるを得ない。時代に抗してもはかない努力で徒労である。僕らは恋愛の始めに若きウェルテルの如く詩的であり、悩んでいるが、だんだんリアリストになるようである。アゲクには金《ゲル》がなければ恋愛ができないような、始めの志にくらべれば思いもよらぬムジュンにみちたことになりかねない。僕らが表面リアリスチックである根源を大人は理解していない、云々、という意味になるようである。

　つまり「恋をするにもゲル」というのは、彼らの事志《ことこころざし》とちがった思いもよらぬ到達点であった。むしろ大人の世界はハッキリそうであるが、自分らは事の始めに於ては人生に夢をえがいて出発している。しかし、いかにロマンチックであろうとしても時代に抗することは儚い努力で、恋をするにもゲル、という大人の思想に負けてしまう、という意味に解する方が正しいようである。新聞記者は文章の判読を誤ったのである。彼は甚しく平凡なことを言っているのである。

しかし、若者が夢みる人生と現実の社会には距《へだた》りとムジュンが多すぎるので、厭世的になるのもムリではないと言っているが、彼の意見によれば「夢と人生のムジュンによって」厭世的になるのではなくて、そのムジュンについて「少し考え過ぎると」厭世的になるのもムリがない、というのである。少し考え過ぎなければ決して厭世的にはならないのである。まことに明快であるし、物の順序としては、まさしくその通り、夢と人生にいくら距りがあったって、それについて考えなければコンリンザイ厭世的になるはずはないのである。

彼は自分の生い立ちを語って、

「僕は他人から見れば平々凡々たる家庭に十有余年を過して来たのですが、それは僕にとって幻滅的で少くとも人生の幸福という主題にだんだん懐疑的になってきました。それで努めて外では反比例的に明るく人と交るという習性になってきました。そこには非常に人間的な努力と苦悶がありました。併し僕は人が良く云うニヒリストとかデカダンスにかぶれたことはないのですが、反面とても淋しかったと云う事実は否めない事でした。もちろんぼくも同年輩の男たちと同様ガールフレンドを持ち、リーベとよべる仲になったこともあります。しかしぼくは内省して見ると考える事は大人びた事を考えても所せん体形（系）づけられた行動は矢張り子供の域を脱し得なかったのです」（傍点筆者）

平々凡々たる家庭に育った、ということを述べるに、特に「他人から見れば」とことわってあるのが注目に価する。この手記全体からもうかがえるが、彼は、自分の主観と、他人が見た場合とのケジメが大そうハッキリしており、彼の考えばいつも一応そこにこだわるのである。つまり彼の人生では、人が自分をどう見るか、ということ、人にどう見られているか、ということが、いつも主たる関心事であったのである。

このことは、彼が後日、愛人佐文《さぶみ》の父と顔を合せたときの記述には、次のようになって表れてくる。

「そしてある日、思いだすのでさえ不潔感でぞっとする様な破廉恥な事が起きたのです。それも偶然でした。僕と彼女が同室に居った時彼女の父が帰って来たのです。今考えれば僕はきっと取りのぼせて冷静さを失って居たのでしょう。彼女の父の顔も見ず外へ飛び出して行ったのです。前々から彼女の父の気性も聞いていましたし、そんなのが影響したのか、僕は途中でよほど引返して僕達の仲を説明し理解と協力をあおごうと思いましたが、余りにも自分のしたことの罪悪感にかられ、二度と彼女の父の顔を見る勇気が出なかったのです。(中略)彼女の父の出方が僕は一番心配でした。そうしてその夜彼女と逢った時は彼女の口から一番怖れていることが表れました。と云うのは彼女の父が世の中の男と云うものは云々で正に浮薄の徒と見られているらしい僕の立場が判りました。それは若い男の心のプライドを傷けるには十分な四十男の世の見方でした。多少彼女の主観も入って居たかも知れません。そうして僕達は互の心を探り合いました。二人の気持は変らないと云うのが話した後の結果でした」

彼は愛人の父を見て逃げだしたのを「思いだすさえ不潔感でゾッとするような破廉恥なことだ」と語っている。しかし「自分のしたことの罪悪感にかられ」彼女の父の顔を再び見る勇気がなかった。罪悪感とは彼女の処女を奪ったことだろうと思う。

彼は前節に「ぼくも同年輩の男たちと同様ガールフレンドを持ち、リーベと呼べる仲になったこともあります」と、明確にガールフレンドとリーベを区別している。そしてリーベになったというのは肉体的な交渉をもつに至ったガールフレンドという意味であるらしい。

しかし、それにつづいて「考えは大人びていても所詮行動は子供の域を脱し得なかった」と告白しているのは、男女関係についてマセた考えをもっていたが、所詮大したことはできなかった、リーベは何人もいたわけではなく、人が見るほど悪いことはしていない、という自己弁護の意味であろうと思う。しかし、直接自己弁護の言い方で語られていないだけ、この表現には実感がある。つまり、彼、自ら広言するほど身持ちは良くないにしても、大して悪いことはしていないし、できもしない、という彼の考えは、自己弁護ではなくて、彼が本当にそう思いこんでいると見ることができるであろう。

彼は佐文の処女を奪ったことで「再び彼女の父の顔を見る勇気もないほど」でありながら、同時に、途中から引返して「僕達の仲を説明して理解と協力をあおごうと思った」と語っている。彼は許しを乞うたり、結婚を懇願したり、するような考え方を持たないのである。一面に於ては対等であり、父ですらもない。単に「説明して理解と協力をあおごう」と思っているだけだ。若造のくせに生意気だというのは当らない。若年にして独立独歩の志操あってのことであり、この態度は排すべきものではない。

一面「罪悪感にかられて」というのも、正直な表現であろうと思う。

通観して、彼は自ら悪党とも思っていないし、彼女の父という人間が、彼女の父である位置のほかには、対等以下のヒケメをもつ理由を知らないのである。だから、彼女の父が彼を浮薄な奴だと評したときいて、「若い男の心のプライドを傷けるに十分な四十男の世の見方でした」とガイタンしているのである。

しかし、最も注目すべき告白は、そのすぐ次の一行である。曰く、

「彼女の主観も入っていたかも知れません」

痛快なほど率直である。彼は愛人の心を常々疑っていたのである。つまり彼女に「浮薄な奴だ、いわゆるアプレだ」という風に見られていないかということを、疑心暗鬼でいたのである。しかし幸いにして「そうして僕達は互の心を探り合いましたが、二人の気持は変らないと云うのが話した後の結果でした」というように、彼のためにはメデタシメデタシの結果が現れてくれたのである。

★

山際が手記の中で佐文との恋愛をのべている言葉と、佐文が二人の愛情を告白している言葉とは、面白い対照をなしている。

「左文に逢ったのもトラブルが起きたのも偶然だったと思える様な気がします。しかし斯《こ》ういうことは変に小説めくのですが、確かに僕と彼女は何か宿命的な因縁と云おうか、始めて逢った時でも他人のような気がしなかったのです。そうして僕と彼女は幾何学的数（?）に発展していったのです」

彼は恋人佐文の字をまちがえている。つまり彼は「宿命的」な女に対して、手紙を書くようなことが一度もなかったに相違ない。彼がひどく神秘的なのに対して、佐文の告白はひどくリアルでハッキリしている。

「山際さんとは上京して数日くらいしてから階段や朝手紙を一階の宿直室まで受取りに行くときよく出会い知っていましたが、七月の終りごろだったか、ちょうどお休みの日、私が用事があって銀座に出ようと水道橋まで来ましたところ、後から追っかけて来られ、ちょッと話があると横道に呼ばれ、実は君と初めてあった時から君のことが忘れられない、君の気持をきかせてくれ、と迫られました。前々から山際さんは憎からず思っていましたのでつい『私もよ』と答えてしまい、その日は一しょに銀座へでて夜おそくまで遊びました」

それから二ヵ月交際ののち、

「今でも決して忘れませんが、去る十日の夜、私は山際さんから迫られて処女をささげました。このことは私は決して後悔してはおりません」

この二人の告白を対照すると、佐文は落着いているが、山際はヨタモノの柄になくとりみだしている。もっとも、事、恋愛に於てはヨタモノに限って却《かえ》って神秘主義者になり、その感傷にひたりたがるムキがないでもない。しかし二ツの告白からうける感じは、佐文が大人であり、山際はそれにくらべて、よほどオッチョコチョイでもあるし無邪気でもある。

二人の告白が、たった一ヵ所ピッタリ一致している事がある。そしてそれがこの事件の中心的なものを暗示しているのである。

山際の手記。

「犯行のプランはそこで大体決まったのです。つまり今簡単に家出をするといっても、現実的な見方で見ると、たとえ二人が共かせぎしても、ちょッと生活の安定は保つ自信はない、そうかと云って時は切迫している。若《も》し僕が犯罪を犯すことになれば多くの人を裏切り、しかも始めから犯罪者は僕だということが判り切っていると、その時の僕の心の悶え、苦しみ、女と自分の立場の板ばさみ、理性的になればなるほど、心の中は苦しく現在彼女の苦境は所詮僕の罪であると考えがきまると、どうすればよいか判らなくなりました。所詮人間として僕が弱かったのです。愛情の生かし方に難点があったのです」

犯罪に至る原因の一つとして「現実的な見方で見ると、たとえ二人が共かせぎしても、ちょッと生活の安定は保つ自信はない」と言っているのが、今日的である。たしかに今日は物価に比してマトモな給料が安すぎる。しかし、一人分の給料でも食えないわけではない。配給物なら食えるのである。しかし、今日的な考えでは、単に食って生きて行くだけでは、「安定した生活」ではないのだ。山際の考えでは、共かせぎしても、生活の安定に自信がない、のである。

これを佐文の告白を見るとハッキリしたことが分ってくる。

「父は月に一定のお小遣しかくれず、使いすぎたからといって請求しても、全然とりあってくれませんでした。こうした父と少しでも離れたい気持、この二つの点から、私は就職口を探しました」

一定の小遣しかくれず、使いすぎて請求してもとりあってくれない父と離れて、自分のお金がもうけたかったという。この請求という言い方が面白い。使いすぎた金を請求することの当然なのを信じているようである。

この態度は、恋人に対しても、同断であることを示してもいる。彼女は恋人や、情夫や、良人に、「請求」するであろう。そして請求に応じない恋人や情夫や良人は、その資格がないという結論に当然なる筈である。

佐文の告白をよむと、山際がその手記に於て「二人共かせぎでも生活の安定は信じられない」といっていることが、彼にとっては実に悲痛な現実であるということがよく分る。佐文を満足させるには共かせぎぐらいではダメなのである。それを、しかし、自分の罪と見ている山際は、やっぱり一貫して、ナンセンスで無邪気な男だろうと私は思う。

さて、私は結論として、冒頭の一句にかえろう。

「恋をするにもゲル」

人生に夢をいだき、ロマンチストとして、ウェルテルの如く恋をしようとしても、現実はせちがらく金銭万能で、恋をするにもゲルがなければダメ、というような、思いもよらないハメに追いやられてしまうという。

彼は佐文を宿命の女と見、かぎりない愛情をもっていつくしんでいるようだから、彼女を恋するにゲルが必要だということを呪っているわけではないだろう。自分の場合と切り放して世間一般の風潮として論じているつもりかも知れない。

しかし彼は気がつかなくとも、恋をするにゲルが必要だという性格は、佐文の負うている宿命のような気が私にはする。彼女は身持がかたく、山際に処女をささげただけであるというが、しかし、その問題とは別に、恋よりも金、恋よりも華美な生活、そういう思想を身をもって帯びているのが佐文のように思われるが、いかがなものか。ゲルのためにはイヤな四十男の言うこともきく、山際は佐文に於てではなく、女一般として、それを悲しく肯定しているようだが、佐文の宿命を感じているせいではないかと、私はなんとなく彼が哀れに思われ、又、おかしくて仕様がないような気持にもなるのである。そして恋よりもゲルという佐文の性格も、悪党の性格ではなく、女の悲しく愛すべき性格ではないかと私は思う。

（「新潮」一九五〇年十一月号）

〝能筆ジム〟

雑誌「日本小説」に「不連続殺人事件」を連載し、探偵小説の鬼江戸川乱歩先生から過分なる賞讃をいただいて以来、僕は文壇随一の探偵小説通と自他ともに許す存在にまつりあげられてしまった。しかしまあ、余り通などとまつり上げられない方がいい。僕はおかげで「小説新潮」に「安吾捕物」まで書かされ、はてはA・クリスティの探偵小説を翻訳してくれないかなぞと喰さがる編集者も現れるという有様だ。ところで今日は少し眼先を変えて〝能筆ジム〟と呼ぶニセ札造りを御紹介しよう。

ニセ札造り〝能筆ジム〟は本名をエマニュエル・ニンゲルといい、アメリカの贋造紙幣史上では傑出したニセ札造りの一人で、十七年間も発見されなかったというその道の芸術家であった。発見されたときの次第は後に話す積りだが、あのほんの些細な偶然がなかったら、十七年はおろか千年でも彼の造ったニセ札はそのまま流通しつづけたかも知れないほど見事なものであった。しかし、当局の威信のためにも、読者諸君のためにも、ちょっと申上げておかねばならぬことがある。それは彼が現代の人間ではないということだ。当今のようにニセ札追求の組織と技術の進んだアメリカの当局の前には、さすがの〝能筆ジム〟も、その最初の一枚で御用となり、従って安吾先生のお目にもとまらなかったであろうし、また彼のニセ札が蒐集家によって額面よりはるかに高く評価されるという珍現象も起りえなかったであろう。

〝能筆ジム〟は生粋のプロシャ人で、独逸《ドイツ》ではペン画家であった、彼は、一八七九年より余り遠くない以前、アメリカに渡ってオハイオ州のコロンブスに、妻をはじめ娘三人息子一人と住むことになったが、そこにはしばらくの間で、ニュウ・ジャージー州のウエスト・フィールドに移り、その後また同じ州のフランクフルトに住み、農場を持ち、倹約家の立派な農夫になりすましていた。

事実、逮捕になるときまで、彼は隣人たちや多くの友人たちから、寛大で思慮深い性格の男で、家族にとっては申分のない働き手であると思われていた。また、彼の農場は抵当に入ったようなこともなかったから、どうみても金は残るし、銀行預金だってがっちりありそうであった。〝能筆ジム〟の奥方は、自分の亭主が逮捕されるなんてトンデモ・ハップン、あの人は立派な亭主で、思いやりのある父親で、悪いことをするなんて思いもよらぬことでござんすと、言いはったとか。それもその筈で、この奥方は御自分の亭主が、彼女が自慢に思っていた芸術家としての才能を、犯罪行為に用いていたなどとは、夢にも考えていなかったのだ。亭主が二階にあがり、スタジオに当てられた部屋に入って、戸をぴったり閉ざしているときなど、彼女は亭主は画を描き、でなければ読書三昧にふけっているものとばかり考え、不思議には思わなかった。それに、ニンゲルは古い型の亭主で、家族は彼に絶対服従、彼のすることには口をはさませなかったから、彼女にしても何をしているのか聞く勇気さえなかった。

ニンゲルは、買物には特に注意を払った。週に一度近くの街のソマーヴィルに出かけて、肉類をはじめ食糧品を買い、時には女房や子供ともども出かけて衣類などを購《あがな》うこともあった。そうして、女房には充分金を与えて、不満のないようにしていた。その上彼は、月に一度位の割合で商用のためにニュー・ヨークに出かけることにしていたが、彼が株の思惑でつくったと称する金を持帰って、ほくほくしているのを見ても女房は別に不思議とも思わなかった。寧ろ亭主はなかなかの腕きで、うまくやったものと考えてござったのである。

〝能筆ジム〟が十七年前もふんづかまらなかったのは、まったく秘密をまもったからであった。彼は、自分の仕事を誰れにも喋らなかったし、どんな場合にも扉を開け放っておかなかったように、大変な注意を払っていたようだ。ニンゲルのニセ札造りとしての成功は、実に彼の画家としての才能と、プロシャ人特有の万全を期する性格のおかげであった。彼はどんなにニセ札を造る必要に心のせくのを感じても、悠然とかまえて、その当時政府発行の紙幣に使用されている紙とほとんど同じ程度の厚さと強度を持ったものを選んだ。そうしてこの紙を当時の大型の札の大きさに正確に裁断して、それが終ると、この紙をコーヒーの薄い溶液のなかで処理して、年代をつけた。

その紙がまだ濡れている間に、(だからと云って滴《しずく》のたれているようではこまるのだが)、その一枚をとって、ワクのなかに四十五度にはめられた透明な硝子《ガラス》の上の本物の札の上におくのである。このワクにはめられた硝子は太陽の光が明るく通るように、窓にくっつけておかれる。そこで彼は、本物からのスカシ画を利用して、先のシャープな鉛筆で着実にトレースをはじめるのだ。そうして表が出来上ると、それをひっくり返して、他の反面へトレースを続けてゆく。

大体、一どに半ダースから一ダースのニセ札を鉛筆でトレースし終ると、次にその鉛筆のトレースの上を、紙の乾くのを待って、インクでトレースしはじめる。どの位無駄を出したかは分らないが、恐らくわずかに違いない。彼のような細心なエキスパートになると、そう無茶苦茶に失敗を出すことはないものだ。彼は特にそのニセ札の肖像にいたっては、すばらしいものであった。また彼は、大蔵省印を描くについては細心の注意を払った。これがまずく描かれるとニセ札は直ぐ見破られるものだからである。拡大鏡で見れば直ぐ分るのだ。

ところで、彼の芸術家としての才能の生かされているのは、旋盤細工になっている札の裏面の場合である。機械仕掛の腐蝕製版のトレースを再生するかわり、彼は札の裏にブラッシュでそれを描き出したのである。一眼では勿論、注意して見てもそれが腐蝕製版でないことが分らないほど見事にやってのけたのである。

さて、これでニセ札は出来上った。いよいよこのニセ札を使って、本物の紙幣、貨幣を手に入れなければならない。そこで彼は月々一回ニュー・ヨークへ商用と称して出掛けるたびに、自信満々のニセ札を、その滞在の二三日間に、本物の札や銀貨とすりかえて帰るというコースをくり返すのだ。そうして、このコースが、十七年間（一八七九―一八九六年）細心と冷静のうちに続けられたのだから、驚くの外はない。

いよいよ〝能筆ジム〟の最後のニセ札使いの旅の日のことを話さなければならない。その日彼は、農夫の服装を身につけ、彼の傑作である二十ドル札を五枚と五十ドル札を一枚ポケットにして、ニュー・ヨークに出かけた。二十ドルのニセ札を三枚処分したのちであった。彼は、三番街と十六番通りのコーナーにある食糧品店ジョン・ウェリマンの店に入っていった。彼は壜詰の洋酒が欲しかった。その店の女店員がエプロンで両手をふきつつ奥の部屋から出て来た。彼は、自分で洋酒の壜詰を手にとって、三番街の遠く先に荷車が置いてあるから、包んでくれなくともよいと云いながら、二十ドルのニセ札を女店員に手渡した。

幸といおうか、不幸といおうか、その女店員がニセ札を受け取ったとき、彼女の指先はまだ濡れていた。彼女は〝能筆ジム〟に釣銭を渡したが、相手が店から姿を消してまもなくインクが自分の指先についていることに気づいた。一瞬このインクのしみが何からついたものかと戸惑った。そのとき彼女は、反射的に自分があつかった二十ドル紙幣を見つめていた。なるほどその札の通し番号は見事に書かれてはいるが、ほんの少しよごれているようだ。好奇心が首をもたげた。唇の上でもう一度指を濡らして、札の上のインクをこすってみた。まさに彼女の直感の通りであった。自分がニセ札をつかまされたことに気づいて、主人を呼び、事の次第を説明した。ウェリマンとその女店員は入口から飛び出してみたが、もうニンゲルの姿はなく、三番街にも荷車など勿論見あたらなかった。ニンゲルは見事消え失せたのだ。そのころ彼は、ニュー・ジャージー通いの渡船の着くコートランド・ストリート行の鉄道馬車に乗り込んでいた。しかし、彼のニセ札が見破られたことも、彼がニセ札使としてつけられていることも、警察に知らされていることも、とんと御存知なかった。

コートランド・ストリートに着くと彼は、一軒の酒場に入って、ビールを一杯と葉巻受一本を小銭で支払った。それから、二杯目のビールを受け取って、釣銭なしの支払をすませた。そこで彼はそのビールを立のみしながら入口のドアーの方へ歩き出した。半分程も行った処で、丁度何かを思い出したように、もとの席に引き返した。

「ああ、わしはニュー・ジャージーのわしの農場の雇人に支払う小銭を作ってくることを忘れた。もう銀行は閉っている。あんたんとこで、五十ドル札を小まかくしてくれんかね？」と、ニンゲルは主人に話しかけた。

ニュー・ジャージーの農夫たちは、この土地のこの種の店にとっては上得意なので、主人は「札で四十ドル、銀貨で十ドルなら両替いたしましょう」と云いながら、バアーの上に十ドル札四枚を並べ、十ドルを銀貨でニンゲルに手渡した。しかし、この時〝能筆ジム〟はニセ札使として全くまずいヘマをやらかしてしまった。彼は両替の金を勘定しなかった。独逸人農夫の注意深さをよく知っている酒場の主人は、奇異に感じた。彼は、札をかき寄せてそのままポケットへねじ込んでしまったのだ。その上彼は酒場から出ていくときに、何となくソワソワと落ちつきがなかった。主人は五十弗《ドル》の紙幣をつくづくしらべ始めた。どうもニセ札くさいが、はっきりそうとも断定出来ない。しかし、兎に角主人は、給仕男を一人呼びつけた。ニンゲルをとらえて引き返えさせるようにいいつけた。

その給仕男は、店から外へ出てみたが、もうニンゲルの姿はみられなかった。この男はコートランド・ストリートの渡船場に駈けつけてみたが、そこにもやはりニンゲルはいなかった。そこであまり遠くはなれていないリバーティ・ストリートの渡船場に駈けつけた。ああ、そこにニンゲルが、ベンチに腰をおろしてしきりと先刻の両替の金を計算しているではないか。給仕男が、お前はニセ札使だとニンゲルにつめよると、ニンゲルはあの五十ドル札はさる大会社から受け取ったのだといい張り、その上酒場へ帰って主人に金を戻し、こんな騒を起した償として、五ドル出そうと申し出た。給仕男は、一応その申し出を受け入れたようにみせかけて、渡船場からニンゲルを連れ出し、その足で警官に彼を引き渡してしまった。ニンゲルは一向にひるむ色もなく、交番に連行される途中手にしていた重いハンド・バッグを警官の両足の間に押し込んで、警官をつまずかせて、よろめく隙をねらい、脱兎の如く逃げ出そうとした。しかし、給仕男のタックルはそれより早く、とうとうニンゲルをその場にねじ伏せてしまった。

その後〝能筆ジム〟は十五年の刑に服したが、その見事な芸術作品のためであろう、人々は彼に対して同情的な温い心を持ったということである。だが、差し入れをしたかどうかは知らない。

（「財政」一九五一年三月号）

文字と画はこうも違うものかね。ヤブニラミ、オカメ、無愛想、唇厚く、ニキビ面などと目撃者の表現が散々だから（築地の中華料亭四人殺害事件〔八宝亭事件〕の犯人）この事件を漫画にとり入れた人々も大そうな不美人をかいていましたね。

ところが、モンタージュ写真を見ると、凄味のある不美人ではなくて、農村でタクサン見かけることができそうな、あたり前の顔だ。女中の顔の型としては代表的な一ツかも知れん。疑られて迷惑する娘さんが方々に現れそうだ。しかし帝銀の場合とちがって、目撃者が多いし、相対していた時間も長いから、この写真は当人によく似ているのだろう。太田成子嬢はそう長く地下にもぐっていられないに相違ない。ラーメンをたべたお客さんの印象、スシ屋さんの印象、洋品店のお婆さんの印象、みなさんそれぞれ個性的な特徴をつかんでいて、我々がそれを読んでもなんとなく印象的である。ラーメンのお客さんの言葉によると、今日から来たの？　ときいても無言で、ドンブリの内側へ指をかけてラーメンを持ってきたそうだし、スシ屋では三四十分もかかって、まずそうにスシ一皿くい、四回も時間をきき、四合も水をのみ、もっと長く居たいような様子だったが店が忙しいので仕方なしに立ち去ったらしいという。洋品屋では、オーバーのポケットから札をつかみだして、百円札で四枚、十円札で六十二枚、それを算《かぞ》えるのに十分もかかったが、多すぎるので百円札一枚返すと、それをポケットへねじこんだそうだ。ラジオがウタのオバサンをやってましたから八時五十分ごろですよ、そこのお婆さんの証言は探偵小説的である。

　最もよく見たはずの人物、同じ店の出前持で、二階にねていて唯一人難をのがれた山口さんの証言、いや、手記（毎日新聞二月二十五日）が、あべこべに甚しく印象的なところがないな。太田成子という個性を捉えたところがない。「別に怪しい素ぶりもなく普通に働いていましたが、ただお客が飲み食いした後は必ず店内を掃き、ゴミを裏まで捨てに行ったので、一々裏まで行かなくともいいと言いましたが、それから寝るまで三四回は裏木戸から外に出たようです」というのがこの手記中で成子嬢の示した唯一の異様な行動であるが、これ以外にも特徴のある行動がなかった筈はなかろう。彼はただ、彼女をおそく訪れた男があった、という事実を後刻に至って知ったから、それにてらして思い当った観察であろう。思い当る節がないと見逃している観察眼だ。店をしめてから彼が前掛けのセンタクしているとき、彼女は女中部屋で旦那が売上を計算しているのを見ていた、という。これも泥棒という事実があって、よみがえった観察にすぎない。

「一時半ごろ便所へ行くために階段を下りかけると、下の方から声を殺したような男女の話声がきこえるから、女中部屋をのぞくと、いつのまに来たのか女の敷いた布団の上に男が膝をかかえた姿勢でヵベの方を向いてすわっていました。そのとき二人は浅草とか云ったと思います。男の服装はネズミ色のオーバー、ギャバジンの白いズボン、ノーネクタイだった。後姿なので人相ははっきり見きわめませんでしたが、ガッシリした体格で顔は青ぐろ、ほお骨が高く頭の髪の前の方はパーマネントでちぢらしどうも日本人ばなれがして三国人のように思われました」

チラとのぞき見しただけで、男の服装人相だけはよく見たものですなア。自信満々たる断定。恐れ入った眼力である。多分に創作癖があるようだ。自分の眼で観察していたのではなく、後刻、必要にてらし合せて思いだしたり、創作したり、当人はそれを真実と思いこんでいるのかも知れないな。彼は翌朝九時ごろ起きたが、女中部屋に女中も男も姿はなく、フトンはキレイに四ツにたたんであったそうだ。

前夜、女中部屋に男がいるのを見て二階へ上ろうとしたとき、女が声をかけて、親戚の者ですが泊めてもよいか、というから、女中が男をひきこむことは今までも大目に見られていたことで、奥さんが承知ならよろしいでしょうと答え、別に怪しまなかった、という。

女中が男をひき入れたりお客をとるのが大目に見られていたというが、女中に住みこんだ当夜から男をひき入れるのは、いささか図太すぎるフルマイであろう。別におかしく思わないのは、山口さんだけではないかな。

しかし、共犯者は問題ではない。太田成子嬢を捕えれば足りるのだ。さすれば何者が共犯者かは自然に判る事だから。

★

私の知っている女をいくら物色しても、太田成子嬢のようなフシギな女は見当らない。旦那が二十数ヶ所、妻女が十七ヶ所、長男（一一）が三ヶ所、長女（一〇）が十六ヶ所も薪割りで傷をうけていたという。探偵小説の常識では、こういう手口は女が犯人、ということになっている。生き返る不安におびえるのか、逆上するのか、メチャメチャに斬ったり突いたりするものだそうだ。しかし、男が必ずそうしないと断定はできない。しかし、女の子が十六ヶ所、男の子が三ヶ所というのは、女の手口のような気配がしないでもない。

これほどメチャメチャに斬りつけたのは、よほど生き返る不安を怖れたのであろうが、そのくせ二階の山口さんをなぜ訪問しなかったのだろう。四人殺して、モウ人殺しはタクサンという気持になり、オジ気づいたと見るのは当らない。これほどメチャメチャな斬り方をしながら、土足の足跡も、血のついた足跡も残していないそうである。つまり、テイネイに跡の始末をするだけの甚しく冷静な行動が次に長時間行われていたことが知り得られる。彼らは金品を探して血の海の室内をずいぶんうろついた筈なのだ。しかも足跡がなく、血のついた着物もきておらず、盗んだ預金帳にも血がついていないらしい。よほど冷静に行動して後の始末をしたのであろう。彼女、もしくは彼が残しているのは、薪割りの指紋だけだそうである。

フトンをキレイに四つにたたんで去ったというのも、証拠品を落していないか、という不安のせいによるのであろう。そして犯行前にたたんだのかも知れないが、こんなところも冷静だな。惨殺した四人の枕元で冷静に証拠を消し、しかも完璧に消しおわせているほどの不敵な沈勇をもちながら、なぜ二階の山口さんを訪問しなかったか、どうにも判断に苦しむのである。

全員を殺してなら、あるいは冷静に証拠を消してもいられよう。二階にもう一人いるのである。犯罪というものは、それを行う前よりも、行って後の恐怖や、逃げたい気持が激しいのが普通であろう。

彼女の場合も、あるいは再び二階で人を殺す勇気がなかったのかも知れない。その気持は理解できるが、しかし、殺した四人を目の前に、ユックリ足跡を消したり、盗んだり、さらにそれ以上に長時間を費して、からだの血を洗い衣服も多少は洗ったりしたであろう。この太い泥縄のような神経は恐ろしいね。たぶん夜が明け放れて人に怪しまれなくなるまで、殺した家に閉じこもっていたのだろう。

スシ屋へ現れて三四十分かかってスシを食い水を四合のみ、このへんは、さもあらん。いかに大胆不敵でも、ノドがかわく筈だよ。四人を殺すのは大変な仕事だからな。それにしても、彼女が最も心を用いているのは時間なのだ。信用組合の時間である。ほかに心配はないらしい。衣服や手足毛髪などのどこかしらに血がついていないか、又は、すでに現場が発見されて大騒ぎになり諸方に手がまわっていないか、それが何より気がかりになる性質のものだが、彼女の神経は海底電線ぐらいの太さがあるなア。無神経、バカ、白痴、と見るのは当りませんや。彼女の伝票に残した文字をごらんなさい。

ラーメン弐、¥100他の一枚は、ラーメン弐、¥200と、書きまちがえて、訂正しているが、その訂正の仕方も小器用で、いかにも馴れた感じである。字も達筆で、金釘流ではなく、¥の横文字もなれたもの。それに面白いのは、弐の字である。どうして簡単な二の字を書かないのだろう。弐の字をふだん用いる職業は何ですかね。もっとも、この家の流儀が弐参という字を用いる家風なのかも知れないが、それにしては、弐の字を馴れた手で書きこなしているのがアッパレである。バカにはこんな字は書けますまい。

洋品屋で買い物する。人に顔を見せて歩く不利よりも、ここでも時間が問題だ。十分もかかってお札を算える。この女の心理は畸型で、豪放である。現場の証拠を消すために、沈着大胆な処置を完了していながら、もっとハッキリした証拠、近所の人に顔を見せて歩き、しかも人々に特別注目され記憶されるような風変りな行動を残して歩き、信用組合で預金をひきだす女と当然結びつけて判断される怖れが甚大であることを意としないのであろうか。現場の足跡を消したって、たいしたことにならないじゃないか。第一、それほど冷静に証拠を消しながら、犯罪者なら何より先に気になる筈の兇器に指紋を残しているとは、何というウカツな話であろうか。

すると、冷静、沈着、大胆なのは、女じゃなくて、男一人なのかも知れないな。男は自分の証拠を消した。薪割りの指紋に注意を払わなかったのは、その凶器をふるったのが、自分ではなくて、女だからではないのかな。だが、それほど冷静な男なら、自分を見た唯一の人物、二階の山口さんをなぜ訪問しなかったのだろう。要するに、下手人は彼ではないせいか。たまたま護身用に薪割を持っていた女が、何かに怯えて逆上的に四人を叩き斬ったのであろうか。男が下手人なら、二階の人物をそのままに生き残しはしないだろう。なぜなら、女は多くの人に見られているが、男を見たのは山口さんが一人なのだから。

信用組合へ十四万円おろしに行った女は、三文判だからダメですと云われて、では出直して参ります、と引さがったそうだ。兇行の室内から三文判を探しだして満足したのか、実印をさがしたが見つからなかったのか不明であるが、あれほど信用組合の時間を気にしていたところをみると、三文判で用が足りるものと満足していたのかも知れないね。

とにかく、時間は気にしても、すでに現場が発見されて手がまわっているかも知れぬことや、人に疑われそうな挙動を残して歩くことが不利であることなどをてんで気にかけない様子は、牛の如くに鈍重な、しかし金を握ることに対してのみは地底の火の如くにまッしぐらな逞しい意志力を感じさせるじゃないか。それとも、時間ということに、秘密な重大な意味があるのかも知れん。この怪牛のような女にくらべれば、佐文嬢などはなんと人間らしく可憐であるか、その比ではないのである。

帝銀の犯人だって、一同がバッタバッタと倒れるや、ことごとく慌てふためき、開け放しの金庫の中に見えている大金に注意する精神力もなく、目前に有り合せの金を握って逃げたのである。この犯人は、行員を殺すことを意志してはいても、眼前に死ぬ人を見て、空想とちがった現実に慌てたところがあったのだろう。

わが太田成子嬢ははからずも四人をメッタ斬りにして、それほど慌て、おののいている様子はないらしいや。多くの人に顔を知られているのに、すぐ現場の近所をうろつきまわって、時間だけは気にしても、捕われる不安の様子がないのだから。ただ時間だけ念頭にかかるという妙な一途な思いつめ方の奇怪さは論外だ。犯罪者は犯罪の現場へ何食わぬ顔で立ち寄りたがるというが、そんな一般的な人間なみなところは感じられないね。そんなところへ立ち寄りたいような子供じみた、オモチャを弄ぶような心理はないらしく見えらア。オスシだって、十のうち一ツのこして平らげているのも大したものだ。非凡というか、むしろ、超凡とでも云うのかね。

小平だって、強姦の現場の近くへ人の近づく声をきくと、慌てて女をしめ殺してしまうような、殺人鬼的とはいえ、とにかく人間らしい怯えはアリアリ分るのだが、この女の神経のふとさは、人間として扱いようがないぐらい、同族の弱さがないようだ。そうかと云って、小平ほど憎たらしく、イヤらしい気も起らないのは、人間的なところがないせいだろうね。つまり、小平のやったことは、とにかく人間の魂の奥をさがせば覚えのあることだから、憎しみもありうるが、太田嬢は微々たる人間の如きものではないのである。怖るべきメスの怪牛だと思えば、憎むどころか、堂々たる武者ぶりに敬服するね。とても勝てんわ。我らの相手ではない。人間の中でこのお嬢さんと対等につきあえるのは、戦争という怪物だけさ。

とにかく我ら微々たる人間は、微々たる人間同士で交りを結びましょうや。

（「新潮」一九五一年四月号）

★

私は一ツごとに蛇足を加えるのは好まないのだが、先月の「フシギな女」について、東京新聞〔大波小波〕の小原壮助先生があんまり低能な批評を下しているから、補足することにします。

この小原壮助という人は批評家の中でも特別頭の悪い人だとは思いますが、作家の作品に対して軽率きわまる読みちがいをして、読みちがいを論拠に批評するのは壮助先生に限りません。「フシギな女」の場合はそのバカバカしい読みちがいを指摘することができますが、小説などの場合には、それができないのです。小説家はどんなにバカげた読みちがいを論拠に悪評されても、それを反駁したところで水カケ論で、ただ自己弁護だと思われるだけがオチですね。ですから小説家は別に反駁もせずに見送っているわけですが、批評家がいかにバカであるかということは、その機会あるときには云っておく必要があると思います。「フシギな女」は論理的にそれをなしうるチャンスですから、蛇足を加えることにいたします。

小原壮助先生の批評によると、

「安吾探偵は山口や検察当局やジャーナリズムの示唆にひッかかって、太田成子や陰の男にこだわり、山口を疑らずに、山口を殺さなかった犯人をフシギがるという俗眼をもって事件を見ている」

というのです。

先月号をお読みの皆さんはお分りでしょうが、あの文章を最も表面的に受けとれば、たとえば、小学校五六年生ぐらいに読ませれば、字面通りにそう受けとるのは当然だろうと思います。字面はたしかにそうですから。

しかし、多少とも文学にたずさわる人間が表面の字面だけしか読めないということが、考えられるでしょうか。しかも、とにかく、批評を書いて、それがお金になるという人間が文章の字面だけしか読めないというバカげたことが現実にありうるとは思いもよらなかった。

だいたいこの人は文学者どころか常識家としても平凡な市井人としても失格して、ナンセンスにちかい愚人だろうと思います。山口が捕われてからの事情と、そうでない時の事情を混同させているのである。山口が捕われて後に山口を犯人だと云えるのは当り前のことだけれども、彼が誰にも疑られていない時にも彼が犯人だとハッキリ云わなければ疑ったことにならないと彼は考えているのですね。また、そういう断言をしていいものだと考えているらしい。こんなバカな人間がそうザラにいるとは思われないが、よりによって、そういうバカな人が文学の批評家で日本に通用するとは、とんでもないことになったものだ。

私がフシギな女、フシギな女、と云いふらしているのは、ちッとも女そのものをフシギがっているのではないのさ。どこに怪牛の化け者のようなフシギな女が実在しうるものですか。

女は柳ずしで休んでも、信用組合で金をひきだす時間だけを気にしているが、すでに現場が発見されて手が廻っているかも知れないということは全然気にかけていない。

また、洋品屋でお金を払うにも、十円札を六十二枚かぞえるのに十分間もかかり、なるべく長く時間を費して信用組合で金をひきだす時間まで持たせようとしているが、現場が発見されて手が廻るかも知れないことは全然気にかけていない。

だからフシギな女だと私は云うのです。しかし、私の言葉の裏を読めば、全然フシギじゃないじゃないか。どこにそんな怪牛のような、フシギな女がいるものか。要するに、彼女が気にしている九時半という時刻までは、決して現場が発見されないことを彼女は知っているのだ。だから、彼女は信用組合で金をひきだす時間以外は全く心配せず、ただ一途に、それのみ気にかけているだけさ。なぜ彼女はそれまで、現場が発見されないことを知っているか。共犯者は山口だからだ。きわめて簡単明瞭な話じゃないか。

まだ犯人がつかまりもしないのに、犯人は山口と成子だと云えると思っているお前さんが大バカなのさ。文学者は素人タンテイではないのだから、ただ文学者の職分として心理分析によって山口と成子の犯行を確認しうる理由をもったがゆえに、文学的に表明してみただけの話であって、素人タンテイたるの功を誇ることとは意味がちがう。

私は先ず山口の手記に、成子の個性がないこと、アベコベに男の個性がありすぎることを指摘し、成子がしばしばゴミをすてに裏へでたこと、深夜に男が来ていたこと、成子が旦那の売上げを数えるのを見ていたこと等、彼の観察が男女共犯物盗り説の一点にのみ集中していることを指摘した。しかもこれらの目撃者は彼一人であって、他の誰も同じものを見ることができない底のものなのである。その他のことについては、彼の手記にはなんらの個性もないのである。そこで私は結論したのだ。

「しかし男が誰であるかは探す必要がない。太田成子を追えばタクサンだ。彼女を捕えれば、男が誰であったかは自然に分るであろう」

云うまでもなく男は山口だと云う意味だ。そして、その次にフシギな女について詳説したのは、なぜ男が山口であるかということを、補足説明するためのことである。

即ち、前述の如くに、女が信用組合の時間だけ気にかけて、現場の発見を気にかけないのは、男が山口であること。また、四人殺害後、冷静に現場の証拠を消しながら男を目撃した唯一の人物山口を殺さないのは有りうべからざることであり、要するに男と山口は同一人であることを暗示したのである。

　しかし、犯人があがらぬうちに、そうハッキリ云えるもんじゃありませんよ。暗示するにしたって、すぐ分るようなハッキリした暗示の仕方ができるものじゃアない。私は今度の事件は数名の目撃者の観察がシッカリしているから、モンタージュ写真によって遠からず成子嬢がつかまると信じていた。しかし、ただ一ツ不安なのは、山口が女を殺してしまう場合がありうることで、こうなると後日に至って山口がどんなにカサにかかって私の文章にインネンをつけてきても、法律上、物的証拠によって彼の犯行を断定することができないと同様に、私も彼のインネンに抵抗するだけの物的証拠をもたないのである。山口の犯行を暗示するたって、そう明々白々に暗示しうるものではない。彼にインネンをつけられてもゴマカせるような伏線をつくっておかなければならないのです。

　幸いに私の想像通りに太田成子を追うことによって、自然に男もつかまった。別に私の誇るべきところでもなんでもない。当り前の話ですよ。

　だいたい、実際の殺人事件の犯人を当てるなどということは、決して文学者のやるべきことではない。むろん、人間には趣味というものがあるから、犯人はあれだ、いや、これだと世間話に興じるのは当り前だが、文学者がその表芸として犯人を当てるなどということは、笑止千万、バカな話であろう。

第一、私に犯人が、当るような事件は万に一ツぐらいのもので、今回がつまり万に一ツの場合であったのである。

だいたい普通の犯罪は流しの犯罪で、犯人は日本人八千何百万人の中の一人というバクゼンたるものである。探偵小説のように、登場人物二三十人の中に必ず犯人がいるという重宝なものではないし、おまけに、殺人の現場だって当局にだけしか分っておらず、新聞社すら、臆測によっているにすぎない程度である。そういうバクゼンたる材料をモトにして、素人タンテイが犯人を当てるなどということはありうべからざることに類する。

今回は珍しく犯人が犯人でない顔をして手記などを書いたから、私は気がつくことができたのであるが、しかし、別に私だけのことではなかろう。

だいたい、専門家というものは、みんなそれぞれ大したものと心得てマチガイはないものだ。タンテイはタンテイ。素人タンテイとちがって本物のタンテイは素人のはかりがたい経験があるものである。恐らく刑事の多くは山口を疑っていたに相違ない。

しかし冷静に兇行後の後始末を完了した山口に恐らく物的証拠はないだろうから、あの場合、女の行方を追求するのが当然であろう。女さえ捕えれば、自然に男を知ることができるからである。衆議院で山口を追求しなかった警察庁を詰問しているのは筋ちがいで、この場合、全力をあげて太田成子を追求するのが当然の本筋だったのである。モチはモチ屋。本職にまかしておけばたいがいマチガイないものである。だいたい、素人タンテイ式に、疑わしい奴を片ッぱしからショッぴくようなやり方は、最も好ましくない。どんなに長時間要してもかまわないから、礼儀正しく、つまり理づめに犯人をあげてもらいたいものである。

★

ウソ発見器というものは、たぶん利用価値は殆どゼロであろう。脈搏だか心臓だか知らないが、何か電流で通じて鼓動かなんかの変化によってウソを見破ろうというものらしいな。聯想の反応実験などとまア似たようなものだ。その人間の個性を究めていないと、とんだ狂いを生じるし、その実験から証拠をハッキリつかみだすことは、まず不可能であろう。

瞬間的な反応というものは、一見人間は本能を偽れないように見えるから確実らしく思われるが、実は犯罪者という老練冷静な実行家にとって、とッさの本能を偽るぐらいは易々たるものかも知れない。

むしろ考える時間を与えて、手記でも書かせた方が、理ヅメにごまかす手段を考えるからシッポをだす率が多く、だし方がハッキリしてしまうだろう。しかし、山口のように、事件を発見した当人が犯人であったという場合ならとにかく、他の容疑者の場合は、自分は事件に関係せぬ、しかじかのアリバイがあると云えばそれまでのこと。事件と交るところのない手記を書かせたって、糸口はつかめない。たとえば平沢氏の手記の如くに、富士山や如来様かなんか三十一文字によみこんで心境をのべたてられても、タンテイたるもの手のほどこしようはないね。

山口の犯人と確定した今となっては、山口の手記はいろいろ考うべき材料を提供しているようだ。

今となってはバカバカしいようだが、山口は女の住所をくらますために、新宿の反対側の浅草と云ってるのだね。今となっては、浅草の反対の新宿だと判断するのはカンタンだが、当時としてはできやしない。渋谷だか品川だか池袋だか上野だか、ほかのとんでもないどこかだか、とても見当はつけられない。

しかし、この手記中の浅草の語は山口の生前、聯想試験の材料にはなったであろう。しかし、この場合にも、この種のテストには個性差というものがあって一定の公式で判定ができない。のみならず解明さるべき問題はその個性差の中に含まれているのであるから、断定的な答えは絶対に出てこないと見てさしつかえない。彼が浅草と云っているのは新宿をごまかすためだということは、心理試験によって知りうる如くでありながら、実はまず絶望的に不可能だろうと思う。探偵小説などでそれが可能なのは、試験がうまく出来すぎているばかりでなく「断定が可能」であるからだが、実際問題としては、彼が他の理由で犯人と定まるまでは、決して断定はできない。試験者の心理の方に断定しがたい弱点が存しているからである。

大学の心理教室の実験の場合とも違うのです。なんしろ一人の人間が殺人犯であるか否か、ということを、日本人八千万の耳目の前で決するのだから、責任がちがう。実験者の方にかかっているその責任の負担が、あらゆる断定を疑う弱点となって現れるのである。いかんともしがたいことだ。

それにしても、毎日新聞が「山口は犯人にあらず」ときめてかかったり、朝日新聞がはじめのうちは「山口は犯人らしい」ときめてかかったことは、内々はよろしいとして、それを紙上に明記するのは、いろんな意味で危険ですね。まず第一にその軽率さを責めらるべきである。

新聞は単に事実を報道すべきものであるか、もしくは一人の彼を犯人と見たり犯人に非ずと見てそれを公表してよろしいものであるかどうか、昔からの問題であるが、とにかくそれによって益するよりも害毒を流すことが多いだけは確かであろう。新聞がそれを行うのは功名心、他紙との勝敗を争うという功名心が主であろうが、その結果は一方が下山総裁自殺説をとれば、一方は他殺説をとる、まア時には御愛嬌でよろしいけれども、その推論の根拠がいかにも薄弱で軽薄きわまるものがある。この軽薄さをさして、あるいはジャーナリズムと云うのかも知れない。風の中の羽のように軽いのは、男でも女でもなくて、ジャーナリストの心かも知れませんね。

あらゆる事件には、その限界があるのである。たとえば下山事件の場合には、動物実験の結果自殺か他殺か明確にしうるか否か、ということが第一の限界である。文明開化も幾久しい現代であるが、科学万能というわけにはいきますまい。動物をレキ殺させてみる。その血痕の飛び方をしらべる。レキ断され方をしらべる。同じ条件で行うことは絶対に不可能な筈であるが、しかも絶対に確実な答えをだしうるか否か。私はその実験の方法についても、方法の結果、また結論についても知らないのだから何ともいえないが、想像してみて、半信半疑ですね。現代の科学的方法によっては、自殺とも他殺とも断定できない、という結論が、あるいは出てくるのではなかろうか。しかし、確実に、自殺也、他殺也、と断定できるなら、結構この上もないことだ。以上が第一の限界である。しかし、下山事件はまだ第一の限界すらも明にはされていない。

すべてタンテイというものは、こういう限界をハッキリと見究めてかからなければならないものだ。その限界を明確にするに時間がかかるとすれば、問題はカンタンさ。自殺、他殺、両方の線で追求するのだね。どちらとも即断すべきではない。

八宝亭の場合にも、限界はいくつもあった。犯人は男女共犯也、というのが第一の限界です。太田成子は万人の認めうる犯人だ。なぜなら、盗まれた通帳をもって信用組合の金をおろしにきているのだから。そして彼女がその日から八宝亭へ住みこんだことについては多くの証人がいるのだから。しかし、太田成子に情夫がいて、二人共同の犯行であるということは、山口以外の証人がいないのである。しかしながら、山口がかく認める以上は男女共犯説には絶対にマチガイがない。なぜなら、もしも山口の供述する男が架空である場合には山口自身が犯人なのだから。以上が第一の限界です。

第二の限界は、太田成子が八時半ごろ柳ずしに現れ、九時前後に洋品店へ現れ、九時半ごろ信用組合へ現れているという事実です。そして信用組合から金をひきだす時間をまつために、現場にすぐ近いところでできるだけブラブラ時間を費そうと努力してる非人間的なムジュンです。

事件はいつ発覚するか分らない。彼女はいろんな客にも顔を見られているし、何よりも山口には顔を熟知せられている。路上で山口に会えばそれまでだが、それを怖れるソブリが全く見られないのはナゼか、しかも山口が生きていることを彼女は知っている筈なのだ。答えは二ツしかない。一ツは、彼女の共犯は、山口が目をさまして起きてきたら殺すために八宝亭のどこかに隠れているから。一ツは、共犯が山口自身であるから。

山口以外の男がいて、太田成子が金をひきだす前に山口が起きてきたら殺すつもりで八宝亭に居残っているとすれば、山口を殺してひきあげるのが当然です。なぜなら、十四万円ひきだすのを成就するために山口が起きたら殺そうと九時ごろまで待ちぶせる危険を冒すほど冷静大胆な犯人なら、山口を確実に殺す方が安全だという当然な結論を忘れる筈もないし、実行しない筈もない。彼の顔を見ているのは山口一人だ。太田成子についても最も多くの不利な供述をなしうるのは山口だ。十四万円ひきだすまで山口を見張る以上は、殺すために見張ったであろう。私が先月号に、男はなぜ山口を殺さなかったろう、と何回も云っているのは、このことである。

太田成子が信用組合へ現れたのは九時半、山口が築地署へ現れたのは九時半。この時間の暗合を考えても、第三の男が山口を見張っていたということは、時間的に考えられなくなるのである。

以上の推理に確実な裏づけを得たのは、毎日新聞へのった山口の手記である。新聞記者は自ら渦中にいて、直接山口と会ったりして却って明白に露出している真相を逸していたようだ。

私が「フシギな女」を書いたのは、単に人間の心理を解析するだけで、確実に犯人を推定しうる稀有な場合であったから。

こんなことはメッタにあるものではない。現場も見ずに素人が犯人を当てるなどということは、万に一ツぐらいの珍しいことだ。

事件直後に朝日新聞が犯人は誰だと思う、と聞きに来たが、ことわった。その時はこう明白に推定できた時ではなかった。現場がどんなになっているのか、足跡があるのか、台所で身体を洗ったり、血の始末をした跡があるか、何も分らない。そういうことが分らなくて推理はできないものである。ただ、新聞に報じられている状況から判ずると、朝日の疑っている人物が疑わしいことは確かだ、とだけ、つけ加えて答えただけだ。だいたい事件直後に素人タンテイが犯人を推理するなどとは滑稽なことだ。すべて事件のカギは現場にあるのだ。それを見ずに、まして素人が、きいた風なことを云ってみたって仕様がない。今後もあることだから云っておきますが、事件直後に安吾タンテイの推理をききにきたってムダです。私は答えません。否、答えられません。答える力量がないのだから。

とてもホンモノのタンテイにはかてませんが、素人の多くの方々にくらべれば捕物帖の作家たるだけのタンテイ眼はあるでしょう。その相違がどういうところに一番ハッキリしているかというと、その事件の個性と限界というものだけはいつもほぼ正確に見究めているという事です。たとえば、太田成子がつかまり、山口が犯人と分ったときに、なぜ山口を疑らなかったか、と世間は怒りました。これが素人の素人たるところでしょう。この事件は太田成子を追う一手ですよ。さすれば男は自然に分るのだ。変に山口を突つかずに、太田成子専一に追えばよかった。さすがに警視庁はそれをやっております。新聞記者だけが山口にいつまでもからみついていました。しかも犯人でないと信じつつ。彼らのタンテイ眼はよほどダメのようです。事件の個性と限界を知らないのだから。

五年前、初めてタンテイ小説を書く時に、浅田一博士を研究室にお訪ねして法医学の知識を若干御伝授ねがったことがありました。先生は非常に公正な判断力をお持ちの方で、思考の傾斜が少い方です。法医学者とかタンテイにはそういう性格的な素質が必要だということを実物で教えていただいた次第で、何よりそれが印象に残っています。

科学者はみなそうあるべきだとお考えかも知れませんが、否、否、科学の独創的な仕事は、むしろ傾斜する思考から生れるのが自然ではありませんかね。タンテイはそうじゃないね。限界がハッキリ与えられている。独創はないのだ。タンテイに独創はありません。臨床医と同じようなものだ。ただ傾斜の少い正確な眼が必要なだけだ。新聞の報道という任務にも、この眼が基本でなければならないと思うのだが、およそ日本の新聞には、この眼がありませんね。太田成子さんと同じようにヤブニラミであるか、甚しく傾斜したがる眼ですね。いつも事実を自分の方から逃している眼ですよ。眼グスリだけでは治らない病気だね。報道に独創なんてことはあるべきじゃアないから、傾斜してはいけません。

★

タンテイの推理と科学の独創は違うといったが、科学もある点まではタンテイと類似した推理ですね。私はそれをこの三月、常磐線の汽車の中でイヤというほど思い知らされました。

文藝春秋へ連載している安吾日本地理というものの夏のシーズンに「只見川ダム」という予定をたてておいたのである。予定をたてたときは威勢がよかったが、少くとも一週間は人なき山中を彷徨しなければならないのだからね。小生もすでに年老いたよ。先日その日本地理で仙台へ行き、青葉城という城跡の山へ登っただけでノビたのさ。

「もう、只見川はやめた！」

私は青葉城本丸跡で文春記者にかく断乎として宣言したのである。さらに塩竈《しおがま》神社というところの石段を二百段ほど登ったときにも、

「もう山登りはコンリンザイやらんよ」

と、かたく念を押したのである。

ところが妙なもんだね。仙台から帰りの常磐線にのると、中谷宇吉郎先生と同じ箱に乗り合したのである。

迂遠な話だが、私は中谷先生がダムの権威で、各地のダム建設に最高顧問として実務にたずさわっておられることを知らなかった。只見川もむろんのことである。いま上京するのも、信濃川ダムへ行くためで、それが終って四月はじめに只見川へ行かれるところでもあった。

「四月の只見川は素人のあなたには登山はムリですね」

と、先生は青葉城で音をあげた私をかるくひやかしたが、

「しかし、只見川はぜひ一見して下さい。いろいろの問題がありますよ。七月にまた行く予定ですから、そのときに一しょに行きましょう。アイソトープを使って、洪水時の岩石の流れ方を調べる実験も行われている筈です。全部見るには、十日かかります」

十日といえば一ヵ月の三分の一だね。あとで三四日ねこむのも予定しなければならない。しかし、中谷先生という大権威に随伴、御説明をねがえるという又とない幸運を逃すような巷談師ではない。たちまち大勇猛心全身にみなぎり、七月の旅行を堅くお約束したのであった。

先生は日本中にダムをつくって廻る計画をたてておられる。只見川の次には紀州。それから屋久島というように。私も昔から、どういう因果か、山で遊んでいると、ダムを思いだす習癖があった。湯河原の奥に広河原という温泉場がある。宿屋は三軒しかない。二本の谷川がここで合流して湯河原の方へ下っている。ここのカマタという旅館で私は時々仕事をするが、箱根の山の一端が広河原、湯河原をかこんで海のところで終りになるが、そこんところをチョイと百メートルぐらいの高さでさえぎると、相当な人造湖ができるね。赤ペン青ペンなんか湖水の底に消えてなくなったってかまわないさ。奥湯河原は雨の多いところだね。私は雨を睨みながら、目の下を流れる川を山の出口でチョイとふさぐことを考える。山というものは、痩せ地を営々と人が汗するよりも湖水にした方が清潔だね。資源をつくる所以でもあり、人間を尊重する所以でもある。単に習性的に父祖伝来の痩せ地を耕すことはないね。

しかし、中谷先生が屋久島にダムをつくるというから、おどろいたね。私は屋久島へ行ったことはないけれども、千七百年代の初頭、例の新井白石が政治をやっていたころ、イタリヤのパレルモの人、ジョヴァンニ・バッチスタ・シドチという宣教師が死を覚悟で密航してきたことがある。白石の「西洋紀聞」につまびらかな話です。シドチが日本の地を、はじめて踏んだのが、屋久島の尾の間というところです。今の地図でみると、温泉のでるらしいシルシがついてますね。当時の記録にはそんなことは記載がない。そこから一里ぐらい山中へはいって松下というところで里人に発見されてつかまっています。私はシドチのことを調べるために、屋久島については、書物や地図について多少の知識があった。

この島の中央には九州一の高山、宮の浦岳という二千米《メートル》ちかい山がそびえ、それを中心にしたほぼ円形の島で平地というものが殆どないのですね。なるほど、この島の雨量は日本一です。その物すごい雨量のおかげで全山神代杉の巨木が密林をなしているそうだ。しかしスリバチを伏せたような島にダムを造るとは、これいかに。そんなうまい方法がありますかね。

私がビックリ仰天して、こう質問すると、中谷先生の返事はアッサリしたもんだったね。

「カンタンですよ。山にハチマキさせるんです。何段にも。斜面の雨をそっくり集めて下へ落す。上のハチマキから下のハチマキへ順に落して行くのですよ。普通のダムにくらべて、むしろ金がかかりません。ハチマキといっても山をそっくり囲む必要はないでしょう。山のヒダのところにだけ、ハチマキさせればよろしいのですから」

おどろいたな、この時は。しかし、甚しくガッカリもした。わが身の拙さを嘆いたのである。

科学もある点まで推理だ、と云ったのは、こういうことさ。これは相対性原理というような独創とは違うね。まさしくタンテイの領域ですよ。もしくは密室殺人の手口を発案するのと似たようなタンテイ眼の所産だね。

しかし、タンテイに比べて、話が雄大だね。私もふとイタズラにダムの設計など考えた覚えはあるが、屋久島にそっくりハチマキさせるという手は全く思い及ばなかった。

つらつら思うに、こういう手口こそは、むしろ専門家の盲点で、素人タンテイが一番気付きそうなことなのである。科学は素人にはとっつきにくいが、素人にも手がでるのは、まず、この程度のことさ。ところが、それがてんで思い至らなかったのだから、わが身の拙さを甚しく嘆いたのである。

しかし、屋久島にハチマキさせて、あの莫大な雨量をそっくり受けとめるとは考えたもんだね。確実に可能であるし、たしかに莫大な費用を要するとも思われない。ダムというものは垂直のカベで水を遮るものだと考えてハチマキに思い至らなかったところに素人の悲しい盲点があったんだね。

このことは私に大きな教訓を与えてくれましたよ。考え方が、何かに捉らわれていないか。あることを考えるたびに、必ずこう疑ってみる必要があるね。今までも、常に一応疑ることを忘れないツモリであったが、自信がくずれたのさ。もっと突きつめて疑ることが必要だ。

今になって山口の手記を読むと、彼の人柄がかなり分るね。下駄を買ってこようと思って四畳半の襖をあけると、常ちゃんとよぶ声がした、ハッとした足元に血まみれの紀子ちゃんが倒れていた、という件《くだ》りは彼のウソのうちで最大の傑作だ。これは誰でも思いつけるという凡庸なウソではない。ところが、こうウソをつく以上は先ず医者へ走るとか医者へ電話をかけてから警察へ走るのが自然だろうが、そこまでは計算していない。しかし、彼が医者へ走らずにすぐ警察へ走ったとしても、それを必ずしも矛盾と見ることも不可能なのである。人は慌てれば、そう筋の立つようにばかり行動できるものではない。むしろ慌てた行動に筋が立たんということは、彼は犯人でないという心証を与えるかも知れない。

　しかし、それは刑事の側からのことで、ウソをついてる本人は、本来はもっと計画性があり、筋が立つようにやるはずだ。山口にそれだけの筋の正しい計画がないのは、彼は智能犯的な複雑な頭がないせいであろう。単純な頭なんだね。彼に接した記者連は、むしろそこに、ひッかかったのだろう。

「口はうるさかったが気持のよい旦那さん、おかみさん。私を本当によく可愛がってくれた。二三日前まで風邪をひいていました時、わざわざお医者をよんでくれた。その時本当にうれしかった。正月の休みのとき、元さん（殺した長男十一歳）をつれて浅草に行き映画とサーカスを見せた。元さんはサーカスを見るのは始めてであると本当に嬉しいようであった。紀子ちゃん（殺した長女十歳）とはよくコーヒーを飲みに行き私によく甘えていた」

犯行をごまかすためのウソだとだけ見るのは当らない。こういう表現のできる人間にはタイプがあるようだ。私を大事にしてくれるお父さんお母さん、などと時々涙ぐんで人々には語りながら、父や母をぶったり蹴ったりしている人間のタイプである。単純で、怒りっぽいが、涙もろくて妙に執念深いところもあるという凡庸なタイプ。それ自身は決して犯罪者のタイプではない。いくらでもザラにあるタイプだね。

私は山口を異常性格とは見ないのである。山口の本質はオールマイティを失うまいとする不安と、自信のなさ、劣等感だという。（週刊朝日）しかし、それは万人にあることだろう。そして社交としての着物をかなぐりすてると、突然ヤケを起してケツをまくって居直る。それも万人にあることだ。山口の場合はそれがドギツクでているから異常性格の所以だというが、これまた事と次第によっては万人がやりかねないものを蔵していると私は思うのである。

文士である私は、そのようにしか考えられないのである。ザラにあるタイプの人間がいきなりかかることを行うのではないのである。そこに至る特殊な道程があったのだ。小説はそのような道程を書くことでもある。するとそこに現れるものは平凡人が特殊な事情によってそうなっただけで、異常性格というものは、殆どないという結論だ。私は精神病者であったゲーテやニイチェやドストエフスキーの作品ばかり読んだり引用したりしているのが、おかしいと思うのである。一番平凡人を書いた人、健全な平凡人の平凡でまた異常な所業を書いた人、チエホフをなぜ精読しないのだろう。本当の人間を書いた人はチエホフであろう。人間の平凡さをこれぐらい平易に描破した人はないが、見方を変えれば、あらゆる平凡人がみんなキチガイで異常性格だと彼は語っているようなものだ。チエホフは古今最高の人間通であろう。環境をきりはなして人間はあり得ないものだ。精神病医の場合は一見特に環境をきりはなして病人を見てはいけないように思われるが、彼らは環境ぬきに、病気だけを見ているのが普通だ。なぜなら病人や病気のタイプは環境ぬきでも分るものだ。人間が分らなくとも病気は治せるものである。精神病のお医者ではフロイドだけは人間を知っていたね。

　しかし東大の精神科の先生は私に語った。精神分析学は病気を治す学問ではない、と。これは、たしかに、その通りだ。精神病医学という病気を治す方法としては内村先生の方法がたしかにフロイドよりも正しいと私は思うね。その限りに於て、精神病医は人間を知らなくとも病気を知っておればよろしいわけだ。

だが、八宝亭事件の如き際に、犯人を解説する人として精神病学者は適当ではないように私は思う。精神病学者には病気は分っても人間は分らんようだね。かかる解説はチエホフ的でなければ、そして環境と人間を一体に見究めなければ、正体はつかめない性質のものだろう。

最後に太田成子嬢がどこまで協力したかという問題は、安吾タンテイには全く見当がつきません。

（「新潮」一九五一年五月号）

孤立殺人事件

一九五一年六月七日午後六時ごろのことである。元海軍軍医総監の桃井氏は隣家の坂本家の戸があかないので、朝から不審に思っていた。坂本家は老人夫婦の二人暮しであるが、主人の威郎氏は七十三歳、元関東配電の重役や元東京ガス電機工業会社の社長などやり、目下追放中で、昨日の新聞にも近々発表される筈の追放解除者何万名中すでに解除の内定した知名人の一人として朗報が報ぜられたばかりのところだ。為子夫人（六十歳）との二人暮しで、女中も使わずに、きりつめた隠居生活をしていた。近隣と特に親しいツキアイもなかったが、キチョウメンな老夫婦で、まア桃井氏と世間並みの隣りヅキアイをしていたのが一番親しい交友と見てよいような孤独な暮しをしていた人だ。

桃井氏が心配なのは、隣家が飼っているニワトリのエサのことで、閑居の坂本夫妻にとってそれが何より重大な毎日の仕事であり関心事であることは、似たような閑居生活の桃井氏にはよく分るし、特に隣家の夫婦はそれにキチョウメンであった。無断で留守にするのはフシギではないかも知れんが、ニワトリのエサのことを人にたのまずに出かけるのは甚だフシギである。桃井氏はニワトリのエサのことが気がかりで、いま帰ってくるか、もう戻ってこないかと、気にしながら夕方の六時まで待った。我慢できなくなって、他の一名の隣人と相談して、玄関、裏口、雨戸としらべたが、どこにも鍵がおりていてあかない。たった一ッ湯殿の戸があいた。湯殿の外側にはトリ小屋があったり薪がつまれていたりして、一番人目に分りにくいところだ。ところが、この窓だけ錠がおりていなくて、これをあけてみると、湯殿の壁に若い男が一人、ユカタをきたままもたれている。よく見ると、ここの次男の周作君で、めったにここへ来ることのない人物だ。そこで桃井氏が、

「周作君」

と呼びかけると、

周作君はそれまで気を失っていたのか、ふッと目をあけて、

「ヒラノ！」

一声そう叫んで、前へうつぶし、満々と湯のたまっている湯ブネの中へ顔を突っこんでしまった。

二人は慌てて周作君を助け起すとともに、家の中をしらべると、老人夫婦が惨殺されている。ただちに警察へ急報した。以上がこの事件の発端であった。

以上の事件発見のテンマツで、他の同様の事件の場合とちょッとオモムキの違っていることは、発見者の桃井氏が元海軍軍医総監で、医学の心得もあるばかりでなく、軍医総監というよりも現役の海軍中将大将と見立てたいような堂々とふとって温顔に微笑をたたえた提督タイプ。他の人々にくらべて、事に際して最も動揺することなく、その状況を冷静にチク一記憶して、ほぼアヤマリがないような人であった、ということである。また余分に空想的なものを附け加えて、その記憶を自然に空想的に育てあげてしまうような率も、他の人々よりもよほど少いと見てよいような人である。その彼が事件の発見者であったことは、彼の発見当初の状況についての証言が、かなり信用できるものと見てよろしいと云うことで、周作君がふと気がついて、にわかに、

「ヒラノ！」

と一言叫んでうつぶして湯ブネの中へ顔を突っこんだということは、そういうやや特別落付いた人物の証言であったことを特記する必要があると思う。ただしそういう個人差が、法的に特に実証力がありうるか、どうか、これはむずかしい問題で、一応は「ナシ」と見る方が穏当であろう。特別の個人差が科学的に算定できない以上は、それを法的には認めない方が当然であろう。

★

さて、実際の事件が新聞紙上に報道される場合と、私が探偵小説を書く場合とでは、以上の発端だけですでに大変ちがっているのである。

これが探偵小説の場合であると、発見者たる桃井氏ともう一人の隣人との発見直後の行動は、もっと精密に、正確に、追求されなければならない。二人が浴室へとびこんで、湯ブネへ首を突っこんだ周作君を助け起す、それから二人は周作君をどこへどの状態にねかしておいて、部屋の内部へはいったのか、他の隣人に協力をもとめたり、警察へ急報したり、周作君を医者へ運んだりした順序や、人間の名や、時間など、各人の狂いのない証言をとる必要がある。それは探偵小説というものが登場人物二三十人の中に必ず犯人が居るにきまっているのだから、登場する人物はどの人の行動もハッキリさせておく必要があるのだが、実際の事件に於ては、それに関係した人すべて、発見者に至るまでも一応は容疑者として調べるということが、礼儀として通用しにくいもので、特に日本の現在ではやりにくいことかも知れません。

アメリカの探偵小説には次のような場面の記述がありませんから、アメリカの制度にはないように思いますが、イギリスの探偵小説を読むと、おもしろい制度の存在していることが分りますね。

それは事件が発見されて、警察医の検屍があり解剖も行われ、鑑識員の調査もすみ、検視の警部や刑事たちが近隣や近親たちに当って基礎的な調査ができあがったのち、まア、事件発覚後三日間ぐらいすぎてからのようですが、現場または現場附近のどこかを法廷に仕立てて、小法廷のようなものがひらかれるのですね。

裁判官は警察医です。法廷には関係者全員が集められ、発見者、近隣、近親、友人はもちろん、取調べに当った警察側の警部も刑事も同列に単なる証人として出廷する。まず裁判長たる警察医が詳細に事件を説明し、解剖所見なども説明があり、ついで、発見者からはじめて、近隣、近親、友人等に精密な証言をとり、特に注意すべきところには突ッこんだ訊問もあって、また警部や刑事は、各自の調査の結果どういう怪しい事実が判明したか、それをチク一のべる。また特定人への容疑をのべることもできる。

以上全部の証言を、事件に無関係なあたりまえの民間人から選んだ陪審員にきかせて、他殺か、自殺か、自然死か、判定させる。

こういう最も基礎的な法廷が、事件発覚後二三日目に、現場の近辺に於て開かれるもののようですね。

瓶山《かめやま》事件の場合には、このイギリスのような制度があると、いろいろ小さなことにハッキリとした結論がついて、次の本格的な調査に大そう便利であったかも知れません。

また、以上のような制度の効能としては、各新聞社が競争して他社よりも正しい事件のカギをつかもうと努力するのはよろしいが、その結果として各社とも各社風にかたよって、そういう外部の偏見に患わされて警察側の見解までグラツキはじめるようなことが起らぬとも限らない。その危険がなくなる。

すくなくとも発見当初に於て、各関係者の全員を一応被告的な位置に立ってもらって各人にトコトンまで精密に訊問して正確な証言をとることができて、それが社会人の当然な責任だという制度が確立していると、そもそもの事件の出発に、一応あらゆるアイマイを省いて、次の本格的調査に対するシッカリした足場をもとめることができる。日本の現状にてらして、この制度が行われると、まず身分の高下を問わず、一応あらゆる関係者に被告的な立場に立ってもらって、トコトンまで精密な証言をもとめることができるから、警察側に有利で、奥歯に物のはさまったような空隙やアイマイなものを置き残して捜査に当らねばならぬような不自由や不便がなくなるし、容疑者にとっても、彼がもし本当の犯人でない場合には公式に具体的な反証をあげて世間に訴え、再調査をうながすこともできる。捜査上のヤミ取引き的なものがなくなって、警察側も、新聞社も、一般の人々も、同一の足場から事件を見ることができるようになる。誤審が少くなるし、誤審の責任が一般の認定を経たものとみて一法務官にかかるところが小さく軽くもなるでしょう。

一応あらゆる関係者がみんな被告的な位置に立たざるを得ないということは、正しい犯人を探して、まちがった犯人がないようにするという目的のための各人の責任で、アイマイな取り調べで誤審をうけるかも知れぬ同情すべき被害者なきを期するための極めて人権を尊重したための結果であり、こういう社会的な責任や礼儀が行われるということは、実は文明のタマモノでしょう。ナンダ、警察の奴め、罪もないのに根ぼり葉ぼり調べやがって、という面子《メンツ》問題が一般的な感情として当然とされているのは、警察側の制度にも礼儀にも欠くるところがあるように思われます。また新聞も、誰かが警察の取調べをうけると、すぐ怪しいもののように書きたてる。こういう見方があっては、事件の最も基礎的な出発に当って、関係者の全員からくわしい証言をとることが礼儀的に不可能になってしまう。まず新聞社もこの点を反省し、事件に処して文明にもかない、人権尊重の主旨にもかなうような扱い方をさがしたり、工夫したりすべきではありませんか。つまり、まちがった人を犯人にしては大変なことであるから、関係者一同はすすんで取調べに応じ、一応自ら被告的な立場に立つことを甘受してあらゆる訊問に対して正確に答えることを義務とする。それは気の毒なギセイ者のありうることを前提とし、左様なことのなきように、そのギセイ者の人権のために自らが被告的な立場に立つことを当然の義務とする。そういうタテマエで自ら進んで取調べに応じるワケで、こういう文明な責任感を基礎にして日常のあらゆる事件に関係者が小我の面子をすてて進んで捜査に協力する気風を育てるような扱い方を工夫して欲しいものですよ。

本格探偵小説は、あらゆる登場人物を一応被告的に見ますから、あらゆる人物から正確精密に証言をとり、さて、名探偵はこの証言の中からウソを見破って、真実に近づいて行くのであります。周作君の兄姉も、近親の平野氏も当然最も精密正確に訊問され、証言をとられますが、今回も各新聞が扱ったように、平野氏がアリバイを捜索されても必ずしも平野氏を容疑者とは見なかったのは甚だ結構ですが、それは事件の関係者は各自のアリバイを追求されるのが当然だという観点によるものではなくて、すでにより以上に容疑の有力な周作君が居ったからだ。そして平野氏について記述するにも、ひょッとして彼が真犯人であってもわが社の名折れにならないように、なんとなくそれも臭いような書きぶりでもある。こういうのが新聞の当然な態度であると、一応の順序として全ての関係者に対して当然取調べる必要があっても礼儀的にできにくくなる。そしてこの礼儀ということは、当面の一人の面子に対する通俗な礼儀であって、ある人物を誤って犯人にすることが有ってはならぬという真理のため正義のために各人が甘んじてギセイになってあげるというその反対の礼儀にくらべれば、実にくだらぬ面子上のケチな礼儀にすぎない。未開人が大事にする面子の礼儀にすぎません。しかし、日本の新聞の扱い方には、そういう未開人の礼儀を尊重し、人権を尊重するということは未開人の面子を尊重することでしかないようなオモムキがあって、真理や正義のためには甘んじて面子をすて、被告的な取調べにも応じる必要があるものだ、それが文明社会に生きる者の義務であり礼儀だというような記事の扱い方、編輯の仕方が新聞に欠けているのは残念です。民主警察にもいろいろケチをつけるところはタクサンあるが、しかし一応とにかく昔とは変って、まず物的証拠というものに主点をおくようになったことなどは慶賀すべき一大進歩であり、よい意味の変革でありましたろう。新聞の方の扱い方にも、人権の尊重という線に沿うて、よき意味の変り方が生れて欲しいものです。

★

検視の結果、次のことが分った。（以下図面参照。間どりは正確ではなく、他の部屋もあるのですが、私の記憶ではどうせ正確な図面が書き得ないので、不要な部屋は省略しました。)

一、威郎氏は玄関脇の小部屋の寝床の上で殺されている。心臓をナイフで一突きにされ、頸動脈をきるためか骨膜に達するほど深く頸部をカミソリできられ、両手の動脈も深くきられている。格闘した跡はないが、屍体は俯伏しているにも拘らず背に屍斑がでているのは、死後四五時間後に、仰向けに死んだ屍体をひっくり返したものの如くである。その屍体の傍には一挺のカミソリがある。

二、威郎氏の寝床と並んでいる為子夫人の寝床には人の寝た形跡がなく、夫人は客間に俯伏して死んでいる。後頭部を置時計でなぐられ、そのほか心臓をナイフで一刺しにされ、カミソリで頸と両手の動脈を深くきられていることは威郎氏の場合と同じやり方である。かたわらに兇器の一ッと思われる大理石の置時計が二時七分(分のところは私の記憶ちがいかも知れぬ)のところで止っている。かたわらに血まみれのカミソリが一挺おいてあって、これも威郎氏の状況と同じい。障子には血しぶきがとんでいた。この室内は押入やヒキダシなど乱暴に引ッかきまわした跡があって、夫人の室内は非常に乱暴にひッかきまわして取り散らかしてあるだけで、何物かを狙ってチ屍体にかけたフトンの上にはタンスのヒキダシがひッくり返しにのッかッているが、

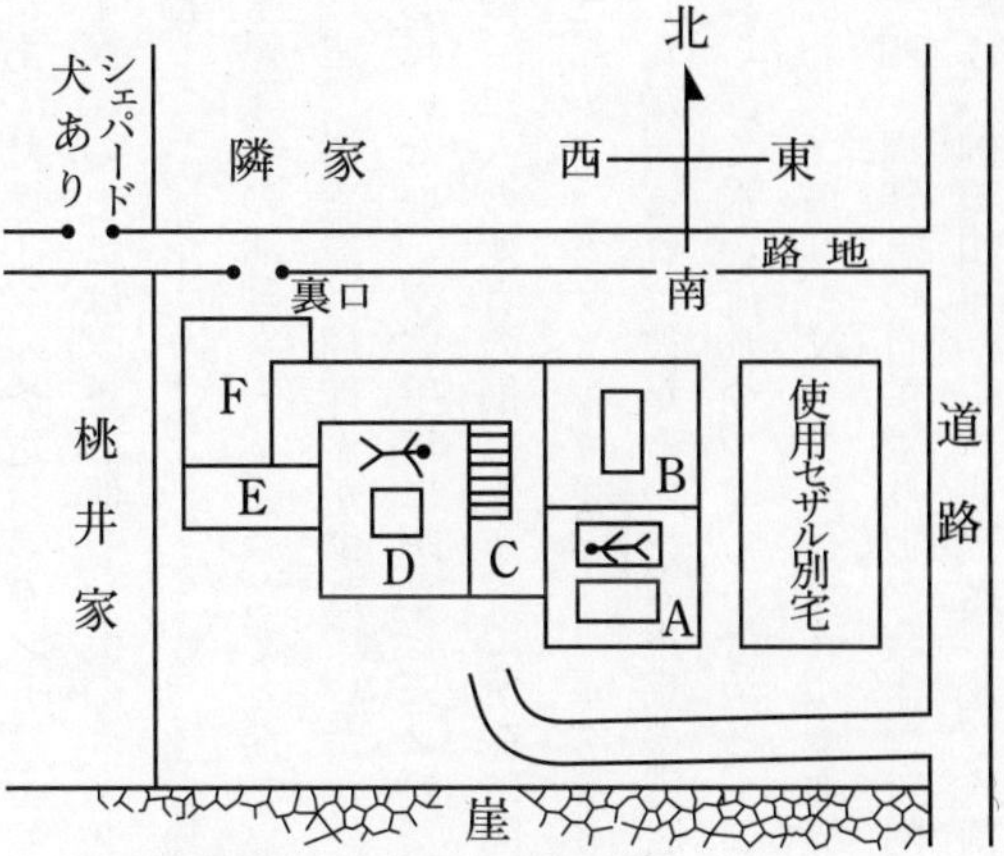

A。玄関脇ノ小部屋。老夫婦ノフトンアリ，老夫ガ殺サレテイル。

B。女中部屋ノヨウナ小部屋。誰ノタメノモノカ不明ノ寝床ガアッテ，コレヲ取リノケタラ，下ノタタミニ血痕ガアッタ。

C。玄関。コノ玄関ハカギガカカッテオリ，フダン開閉シナカッタ。ソコカラ二階ヘ登ル階段アリ。

D。客間。廊下ノ障子ギワニ老婦ノ屍体。障子ハ閉ジテアリ，カナリノ血シブキガトンデイル。中央ニテーブル。

E。浴室。周作ハココニ倒レテイタ。

F。台所。

ミツに探したようなところはない。取りちらかしたものは乱雑であるが、前からそこにあったテーブルや電気スタンドはその位置にあって、格闘したらしい跡はない。テーブルの上には、更に他の一挺のカミソリと安全カミソリなどもならべてあったようだ。(このテーブルの上のところは、私の記憶による。なお私が現場を見たのは検視も鑑識員の活動も一応終ったあとだから、現場のままではないようです)

三、浴室には周作君が倒れていたが、彼の傷は左乳部に二センチの刺傷、心臓に達していない。左右手首に四ツと三ツの安全カミソリでつけたらしいカスリ傷程度のもの。二人の死者の傷にくらべて所在は同一だが甚だ軽傷であった。そこにもカミソリと、ジャックナイフがあって、このナイフが三人の胸を刺した兇器であることが確定したが、これは彼がその夕方東京の露店でもとめたものであった。フロの水道栓がひねられて水が流れつづけていたから、ここにあったナイフとカミソリは血痕が自然に洗われており、又、彼のユカタにも血痕はついていなかった。

四、周作君の自供通り彼の寝床は二階にあったが、寝床の上に血痕があり、枕もとには、例の如くカミソリ一挺、及び八割ほど飲まれたウイスキー四合入り角ビンがあった。また便箋に

「乙彦、豊子、正克、東子さま。きょうはパパもママも元気でことにパパは追放解除も近づき上機嫌です。一応仕事が片づけば楠見の会社につとめるつもりです。パパとママと寄せ書きしました」

とあって、最後の行だけは判読に苦しむほど書体がみだれていて、それはベロンベロに酩酊した後に書き加えたものの如くであった。宛名の四名は親戚の実在の人たち。楠見の会社というのは威郎氏が追放後の生活に何かと便宜をうけている実業家で、この一行は威郎氏が自分の今後を自ら語っているらしい文章である。しかし、この筆蹟に変化があるかどうか警察の発表がないから判然しないが、これを卒読した新聞記者の記憶では、パパとママの寄せ書きとあるが一見して周作君の作らしいという話であった。また、一枚の紙に、棒か指かをインクにぬらして書いたらしい乱筆で「ひらの」とあった。この部屋は金庫があけられ書類が散乱しており、電気スタンドのスイッチには血痕がついていた。この部屋にあった彼の洋服のポケットには五千余円はいっていた。

五、威郎氏の屍体のあった隣室、これは女中部屋のようなむさぐるしい小部屋であるが、そこに第四番目の寝床があるが、寝床の使用者たるべき第四の人物の姿は見当らない。この寝床をとり片づけたとき、その下のタタミに、当夜の兇行によって附着したに相違ない血痕が発見され、したがって、この寝床は兇行後に敷かれたものであることが分った。

六、周作君は第一回目のカンタンな訊問に対して、七日午前一時か二時ころ夢うつつに自分の名をよぶ母の声をきいたように思うが、突然棒で頭を二回なぐられ左手首をきられたので素手で賊の刃物を叩き落し、階段を下まで逃げ降りた時、右手をきられて格闘となった。当日買ってきたジャックナイフを六畳の間の鏡台の上においたのを思いだして、それを取って闘ったが、胸に叩かれたようなショックをうけて倒れ、浴槽の中へ投げこまれたのを覚えているが、それから先は記憶がない、と語ったそうだ。また、帰宅後、父と共にウイスキーをのんだ、と語ったそうだ。階下にもウイスキーのカラの丸ビンがあって、このビンには威郎氏と彼の指紋があった。また、賊は五尺五寸ぐらい、黒い覆面をしており、白のワイシャツに藍色のズボンをはき手袋をはめていたと証言したが、平野ではないようだったとアイマイに述べ、発見されたとき平野と云ったそうではないかと問われたのに対して、父が母にも知らせず平野に十万円貸したことをその晩母のグチで知り、以前から時々彼が父に無心していたことも知っていたので良からぬ印象をうけており、それで自然に口走ったのかも知れぬと答えたそうである。以上は警察の公式の発表ではなくて、各新聞の区々《まちまち》の報道をあつめたもので、正確なところは分らない。事件発見後すでに二十日すぎているが、これにつぐ第二回目の、そして正式の訊問はまだ行われない。それは彼の胸部の傷が、負傷後長く水中につかっていたために、肋膜に血がたまるようになり、まだ退院できないからである。

七、為子夫人の屍体のあった客間には隣家の桃井氏に通じる盗難報知用のブザーがあったが、それは鳴らされなかった。

八、門の横の植込みの中から賊が捨てたらしいフロシキ包みが発見されたが、中には着物や敷布などカサばるばかりで金目でないものが十七点ほどはいっていた。

九、周作君の勤めている会社の同僚吉田氏は、周作君が六日の退社ぎわに、今夜は父の金があるから一パイのんで伊東へそれを持って行くと云ったことを証言し、その金は父威郎氏が一週間ほど前に上京して周作君に証券の現金化をたのみ自分もその相手になったから、その金だと思ったと言っている。

十、ところが、親戚の某氏の云うところでは威郎氏は周作君の名義で十万円の預金があり、これを無断でひきだしてはならぬと命じて彼に預けておいたところ、使いこんでしまった。最近その通帳を伊東へ持参せよと命ぜられ、いろいろ奔走して六万円だけ作って、その金を持って六日に伊東へ行ったもののようだ、と述べている。なお威郎氏が金の必要にせまられたり、また周作君に通帳を持参せよと命じたのは平野氏に金を貸すためであったらしい。

十一、そう推測される理由としては威郎氏の日記の五月十八日の条に株券等をタンポに楠見氏から十万円借金してそれを平野氏に貸したと記してあること。これは威郎氏が家族の誰にも無断に、秘密にやったことで、以前から平野氏に対して家族に対する以上に度々無心に応じていたので、それがとかく問題になっていた。平野氏は最近さらに十万円無心した噂があった。

十二、その平野氏は、威郎氏の日記にある借金を否定したが、サギの容疑でタイホされるや遂に白状した。彼はその十万円を威郎氏に相談した事業には投資せず、二万円を私用に使って八万円は預金していた。

十三、しかし、平野氏の六日夜のアリバイは成立した。彼が当夜十時ごろ銭湯にいるのを多くの人が証言した。

十四、周作君は六日夜八時四十一分、伊東につき、駅前のミソノ喫茶店でジョッキ二杯のビールとサラダを飲食し、約三十分後に四百五十円の勘定を払って去った。瓶山の彼の家までは駅からは歩いて二十五分か三十分ぐらいかかり、タクシーは山の下で止って上までは登らないのが普通である。尚、この条は周作君の自供にもとづき、喫茶店の女給の証言によって確認されたものの如くであるが、彼はハイヤーで帰宅したと云ってるらしい。

十五、彼が相当額の現金を入れて東京から伊東へ持ってきたと思われるカバンは発見されたが（このところ新聞の保存なくどこから発見されたか不明）カミソリできられて、中にあった筈の通帳や現金は失われていた。

十六、カバンの中から紛失したと思われる小切手帳と書類と通帳二通は便所のマンホールの中から発見されたが、現金はでてこなかった。通帳一ツは周作君の名儀で八万円の預金がある。

十七、このカバンのカギは周作君のワイシャツの胸ポケットから発見され、血痕がついていたが、それに対して彼は、汽車の中でナイフをだしていじったとき指にケガして血がついたものと思うと答えた。その後の調査で指にカスリ傷が無数にあるのが分ったらしい。

十八、為子夫人の屍体があった部屋のタンスの小ヒキダシから株券六百株と、現金一万円がでてきた。

以上が事件発見後一週間ぐらいのうちに次々に判明した事実ですが、いずれも当局の正式の発表によるものではなくて、各新聞社の記事を綜合してマチガイのないらしいのを載せたのですが、当局の正式な発表ではないから、正確なところは保証の限りではないのです。周作君の逮捕状はでているのですが、まだ胸の傷が全治しないので令状執行せず、したがって正式の訊問も行われておりません。

東大の法医学科と外科から二人の専門家がきて彼の傷を調べ他傷か自傷か調べましたが、この鑑定の結果もまだ発表にはなりません。ただし、警察医の鑑定はたしか三人の警察医の考えが一致して自傷と発表されているように記憶します。他傷らしいところもある、と述べた人すらもないようです。

★

この事件が発見された翌日八日の午前十一時ごろ、尾崎士郎氏から電話で、この現場を見に行かないかと誘われ、二人で見物にでかけました。事件の内容は二人ながらてんで知らなかったのです。現場に取材していた朝日新聞の伊東支局長鶴田君の尽力と伊東署の好意で、現場を見せてもらいましたが、係り官のお邪魔にならないように、そッと一見しただけで、屍体の上にはフトンがかぶせてありましたし、もう内部は検視の終ったあとで、鑑識官の取材も終り、相当変化のあった後らしくもあり、二階は見ませんでした。私が殺人事件の現場を見たのははじめてのことですが、きわめてウワ皮だけの見学で、特別の発見や観察などある筈はないのです。

前節を読まれてお気づきと思いますが、殆ど全部といってよいほど多くのことが周作君たった一人の容疑のみ深めておって、まったく呆れ返るぐらい揃いすぎております。おまけに、同君の白の方を語るような状況が何一ッ現れてこないのですね。

云い忘れましたが、周作君は一人の兄と二人の姉があり、この兄さんは先妻の子供、終戦時軍医大尉だとかの話ですが、この兄さんのことは新聞にも殆どでてきませんし、探偵小説のようにそのアリバイが一応問題にされることもないのは、まア、この事件の場合には、それで何のフシギもなく通用するのが当然と云わなければならないほど、実にどうも殆どあらゆる状況が周作君たった一人の容疑を深めるばかりで、その状況だけで、のッぴきならぬところがあるように思われるほどですからね。周作君は慶応大学で西洋史を学んでますが、西洋史と縁のない貿易会社につとめ月給一万二千円の由。二十五歳だそうです。

すでに逮捕状もでているのですが、一般に伊東市の人たちは彼を犯人ではないと云っているそうです。入院中の彼につきそってる病院の看護婦がそうだし、その病室につめている若い警官たちも次第にそう考えはじめているらしいような噂をききましたが、私が先日酒席へでた機会に、旅館の女中たちや芸者たちにきいた限りは全員そろって彼は犯人でないという説。なぜかと訊いたら、教育のある青年が実の父母を殺す筈がない、というカンタンな論理でありました。しかし一般にはその論理でタクサンらしく、書店のオヤジもそう云ってましたよ。

しかし、こんな事件は珍しいでしょう。何が珍しいかというと、ほとんど全てといってよいほどの多くの状況がただ一人の容疑だけを深め、他に怪しむべき人物も現れず、彼が犯人でないらしいことを暗示しているものが全く一ッも現れないのですからね。他に容疑をむける余地がないのですよ。現場に多くの偽装が施されておりながら、トコトンまで容疑が一人にかかる余地しかない、他に疑わしい人物が現れない、というような例は実に珍しいことでしょう。

第一に、彼は賊の侵入を七日午前二時と云っておりますが、（新聞は解剖の結果老夫婦の殺されたのを六日午後十時ごろと云うのですが、この新聞の断定もおかしいようですね。死後四十時間を経てからの解剖でそうハッキリと兇行時間の推定はできまいと思われますが）かりに周作君の云うように七日午前二時としますと、桃井氏の発見が八日の午後六時すぎで、周作君はそれまで十八時間浴室に昏倒していたことになります。しかし彼のうけている外傷は三十分間の昏倒も起らないほどの軽微なもので、彼が廿日後の今日に至っても肋膜に血がたまって退院できないということは、外傷が深いためではなく、負傷後長時間水中にいた結果のものと判断せられております。私は事件発見の翌日、周作君が入院中の高安医院（当市の警察医）を訪れて高安さんから直接伺ったところでは、彼の外傷は甚だ軽微で長時間気絶の理由は何ら認められない由でしたが、彼の肋膜に血がたまって今日に至っても退院不能であるとの診断を下しているのは、その高安さんですから、現在に至っても退院不能であることが外傷が元来重傷であった理由にならないことはそう断定して差支えないように思います。彼の外傷は全治二週間と断定された軽傷でした。また彼は頭を棒でぶん殴られたと云っていますが、そのために昏倒するような外傷の跡は全く見られない由でありました。要するに、彼の自ら言う如く、兇行後十八時間も彼が昏倒していたということが、医学的に甚だ不可能なのであります。心理的なショックで昏倒するにしても、十八時間ということは考えられない。しかし、彼は病院で父母はどうした？　としきりに訊いており、つまり、十八時間全然昏倒していたという自供の裏附けとなることをハッキリ供述してるわけです。ここは甚しく重大なところで、彼が父母の殺されているのを知らないように言明していることは、彼がその十八時間まったく意識を失っていたという供述が決定的にそうでなければならぬことを表明いたしております。こういうことは単なる状況というべきではなく、心理的なものにすぎませんけれども、実は指紋などよりももっと物的にも確実な一ッの証明となるもので、しかし、新聞はそういう見方を忘れておりますよ。

第二に、二階の周作君の寝室の机上には父母の寄せ書きの如くで実は周作君が酔って書いたらしい手紙がある。この手紙には前文と後文の文字に甚しい相違があり、最後の一行が判読に苦しむような乱筆だということは、強いて筆蹟の相違を現すための作意であるか、あるいは泥酔後に書き加えたための結果であるか、それは見当がつきませんし、あるいは前文の方は事実父母の寄せ書きなのかも知れません。その実物を見ていないから、私の推理はこの寄せ書きをオミットしなければなりませんが、ここに注目すべきは棒か指かをインク瓶にひたして走り書きしたらしい「ヒラノ」という書き置き様のものが在ることで、その様式から考えて、これはまさに死なんとする被害者が他に方法がないところから、自分の血を指につけタタミに犯人の名を書き残して死ぬ、そういう場合の書き置きに類似しております。幸いこの部屋には、そこにインクがあったから、血で文字を書きのこすに及ばなかったが、しかしペンを探すだけの余裕はなかった、というような急場の際の書き置きの様を現しているようです。

ところが周作君は賊と格闘しつつ階下へ降りて浴室へ昏倒してからは十八時間意識を失っていたのだから、彼がそういう書き置きを二階に残す筈はありえない。それに反して、賊は彼を倒して後に二階へ戻って金庫をあけたりして室内を物色しているのだから、賊が一ッの偽装として書いたのかも知れない。

けれども、桃井氏が湯殿で周作君を発見したとき、彼がただ一言「ヒラノ」と叫んで湯槽へ顔を突っこんでしまったという。それはまさに何者かに害されて死なんとする人間がイマワの際に犯人の名を言い残す様式の一ッで、血やインクで犯人の名を書き残すのはその場に訴えるべき何人も居合わさないためだ。誰かが居合わせば犯人の名を叫んで告げるべきで、それが最短距離である。要するに二階の紙片のヒラノと、周作君の叫んだヒラノは、その指し示すものが同一であるばかりでなく、指し示す様式に於て全く同型なのである。なぜなら、周作君はただ一言「ヒラノ」と叫ぶと浴槽中に首をつッこんで俯伏し、それ自体が一ッの断末魔の様相でもあるが、これを放置すれば事実に於て溺死する場合でもあり、二階の紙片が暗示している場合や役割と同じものを、浴室に於て発見された瞬間の周作君が表現した。

これは果して偶然であろうか。偶然と云えば、二階の紙片と浴槽の彼にはさらに一ッの偶然の暗合がある。だいたいに人が害せられて犯人の名を血や有り合せの何かで書き残す時にはすでに断末魔の時で戸外へ走って急を知らせる力がなく、その文字を書いてまもなくその場にことぎれるのが自然であるが、二階の文字の筆者の姿は二階にはない。つまりまだ体力があって当人はどこかへ去っているのだ。しかるに、浴室の周作君は、ただ一言ヒラノと叫んで水中に首を没したにも拘らず、そしてそこに断末魔の様相が表現せられたにも拘らず、彼の傷は全治二週間の軽傷にすぎず、彼の真実の体力は表現せられた断末魔の様相に相応するものではなかった。これも偶然のいちじるしい暗合である。

二階のヒラノの文字は彼のほかに賊が書き得たのみであるが、その賊は周作君が生きて発見された場合にヒラノと一言叫ぶことを知っていたのだろうか。加害者の偽装と被害者の断末魔の必死の叫びが同一であるという変テコなことが有りうるであろうか。

これについては結論が三ツしかないと思われる。一の場合は、二階の紙が賊の作なら、もしも周作君が死ななければ犯人はヒラノならんと疑うことを見抜いている人物の仕業である。この場合、犯人は彼の親しい者、肉親縁者知友等に限られている。それらの人々のアリバイを追求すれば犯人は浮き上ってくるであろう。二の場合、二階の紙片が周作君の作為なら、彼がこの事件の犯人たることは確定的であろう。三の場合、周作君がヒラノと叫んだのは発見者桃井氏の証言であるから、これを桃井氏の偽証と見ることもできる。だから私が前節に述べた通り、すべての関係者は一応被告的な立場に甘んじてあらゆる訊問に応じる義務や礼儀があると云うのはこのことである。こういう疑惑がかかるということは桃井氏の人格に関係あることではなくて、こういう事件の究明はあらゆる可能性を一ッずつシラミつぶしに究明すべきであるから、極めて善意の発見者といえども可能性の容疑からはまぬがれることができない。それを究明しなければ、真犯人の確定にアイマイなものを残すのである。以上三ッの場合に於て、一と三の場合の容疑が確実な証拠によって無実のものとなれば、残った周作君の容疑は殆ど確定的となるべき性質のものであろう。なぜならばそれは彼の十八時間の昏倒を裏切るもので、この裏切りは決定的な事実、彼が十八時間の昏倒を偽証している事実、ならびにその偽証の裏に秘められている彼の犯行を物語るものだからである。

第三に、老夫婦は心臓を刺しぬかれ、頸動脈と、両手の脈を骨に達するほど深くきられており、その一つでも致命傷になるような深い傷を身体の四ッの急所の全て（それは医学の素人が一般に致命的な急所と心得ている全部である）に念入りに加えている。しかるに周作君の傷は如何？　彼は格闘したと称するが、その傷は心臓と両手首、

2024
5

中公文庫 新刊案内

身もこがれつ

小倉山の百人一首

百人一首には
なぜあれらの和歌が
選ばれたのか？
鎌倉時代初期の史実を
煌びやかに描きながら
その謎を解き明かす、
中山義秀文学賞受賞作。

周防柳

Suo Yanagi

〈解説〉大矢博子

●1100円

おいしい給食 Road to イカメシ
紙吹みつ葉

書き下ろし

一九八九年函館。数学教師の甘利田幸男は《給食道》におけるライバル・粒来と戦っていた。その中、ついに念願の「イカメシ」給食に出会い!? 5/24映画公開。

●836円

江戸の健康食
小泉武夫

身近な食材で病気にならないように工夫した先人の知恵に学ぶ。海の幸、山の幸、発酵食品から酒の飲み方まで、当時の料理法、養生法を現在の観点から解説。

●990円

華の碑文 世阿弥元清
杉本苑子

室町時代、大和猿楽座に生まれた世阿弥は、父が洗練させた能を受け継ぎ、辛苦を重ねて大成させた。その激動の生涯を描く傑作歴史長篇。〈解説〉澤田瞳子

●1430円

即ち抵抗した様子のない二人の死者と傷の在りかが同じくて、胸が二センチ（心臓に達せず）他はカスリ傷であった。抵抗力のない二老人の四ツの急所の全部にその一ツ一ツが致命的であるようなトドメを幾つも加えている犯人が、ただ一人抵抗した周作君に対してのみは、その昏倒を見て浴槽へ投げこむだけで満足し、四ツの急所のただ一ツにすらも致命傷を与えなかったという矛盾したことが有りうるであろうか。賊がそのまま逃げたのならまだ話は分るが、それより二階へあがって室内を物色したことは現場が証明しているし、のみならず、威郎氏の仰向けの屍体を死後四五時間後に俯伏しに変えたことは屍斑が証明している。死後四五時間後に他の屍体に手を加えているのに、周作君にだけは手を加えていないのはナゼであるか。

第四。ここに重大なのは、威郎氏の屍体が死後四五時間後に向きを変えたことが科学的に立証されていることで、この向きを変えた理由がなければならないが、それは二ツの屍体が俯伏せになって、その傍に一挺ずつカミソリがあることによって、それがほぼ自殺と見せる手段であると思われること、それに相応して、湯殿にもナイフとカミソリが並べておかれており、周作君自身もヒラノと叫んだ後には他と同様に俯伏して水中に首を没している。つまり、兇行四五時間後の賊は三人心中と見せかける意図をもっていたように見え、老夫婦の屍体の向きを変えてカミソリを一挺ずつ傍に置きそえただけでは自殺死には見えなくとも、相談ずくの一家心中で周作君が最後にトドメをさしてやったように見せかける意図であったかも知れない。それは浴室にもナイフとカミソリが並べておかれていたことで一応そう考えてみることができる。ところが、賊のその意図に反して、蘇生した周作君は一家心中どころか、いきなり「ヒラノ」と叫んで賊の仕業であることを一言のもとに明かにした。しからば、兇行後四五時間後に屍体の向きを変えて自殺と見せかけたのは明かに彼以外の賊の仕業ではないか。

否々。四五時間後に屍体の向きを変えて自殺の偽装を施した犯人は、その後に至って、さらに考えが変り、賊が侵入したという偽装を施したのである。即ち老夫妻の屍体にフトンをかぶせたまでは自殺の偽装であったかも知れないが、さらに老婦人の屍体の上にタンスのヒキダシがひっくり返してのせられていることは、室内をひッかきまわして賊の侵入と見せかけたことがその後に起った犯人の考えであることを明かにしています。

二階にあった父母の寄せ書きというものが、その書きだしの字はシッカリしているのに、あとにワケのわからんような乱筆が書き加えられているというのは、寄せ書きをはじめに書いた時の目的が、兇行後まだワリに冷静なとき、それとなく一家心中を暗示して別れの挨拶、そう見せかけるようなツモリで書いたものであったが、お酒をのんでアレコレ考えているうちに、とても自殺や一家心中には見えそうもないし、自分もとても自殺できそうもない、そう思い惑っているうちに、結局、泥棒、その犯人はヒラノ、そういう考えになって、棒か指をインクにひたしてヒラノとかいたり、寄せ書きのあとにも何か書き加え、それから室内をひッかきまわしたり、自分のカバンをカミソリできって、通帳や書類をマンホールに投げこんだり、第四人目の寝床をしいたり、フロシキ包みをつくって植込みへ投げこんできたり、ヒラノ犯人的工作を施したように思われる。現場を自殺と偽装したのがはじめで、賊の侵入、犯人ヒラノと見せかける偽装がその次に行われたことは現場の状況から、つまり自殺の偽装の上に更に賊の仕業と見られるものが載かってる、考古学上の発掘の原則から考えたって上のものが時間的に後なのは当然の話。また自殺の偽装の筆跡よりも賊の侵入ヒラノ犯人の筆の方が泥酔後の乱筆を現しているし、その乱酔乱筆らしきものが一ツの置き手紙の最後の方でそうなっているのは、はじめ泥酔して後にさめたのではなく、わりに冷静なのがはじめの時で後に泥酔が起ったことを表していると思います。

　したがって、いったん自殺を偽装した周作君が、発見された時に「ヒラノ」と叫んだことは決して不自然ではありません。

さて、ここで重大なことは、はじめ一家心中と見せかけようとし、その次に賊の侵入と見せかけようとした。しかも心中と見せかけようとした時がすでに死後四五時間後である。周作君の証言では賊の侵入は一時か二時ごろと云うのですが、するともう、この賊が心中を偽装し、次に泥棒と見せかけた時には夜が明けていますよ。のみならず、侵入した泥棒が、兇行後四五時間後に一家心中を偽装したり、次には泥棒と見せかけたり、しかも一番抵抗力のある周作君だけ軽傷のままほッたらかして置き残して行く、そういうことが有りうるであろうか。一家心中を偽装して他の屍体の向きを変えたとき、当然周作君の屍体にも父母を殺して最後に彼が自殺したような偽装を施すべきではありませんか。しかも彼は浴室に意識不明にぶッ倒れていた筈で、他殺らしい外傷もうけておらず、これぐらい自殺の偽装の施し易い状態は比類ないぐらいであった。実に他に犯人があるとすれば、一家心中の偽装にはオ誂エ向キの状態にあったわけです。もしも彼以外に犯人があれば、一家心中の偽装は易々と成功しており、決してその不手際を後悔して、次に賊の侵入と見せかけるような考えを起す必要はなかったでしょう。

その他、ざッと周作君に不利な状況を列挙すれば、

一。周作君が二階で賊にぶん殴られてから格闘しつつ浴室まで。それは同家を縦断する最長コースで幅の狭い廊下ですのに、格闘の跡がない。浴室なんてものは、どこのウチでも必ず夜は戸締りが施されているものだが、その戸もあいておったらしく、格闘による戸障子の破損、障子の紙が破けているような跡もないのですね。

二。同君が浴室へぶッ倒れていたこと、特に浴槽へ叩きこまれているに至っては、同君が血を浴びた犯人である場合に、最も都合のよい倒れ場所であること。その水道が流れッ放しになっていたのも都合がよすぎるね。

三。カバンのカギが見当らなくッてカミソリで皮をきりひらいた犯人が、通帳や書類を便所のマンホールへ隠したのはなぜだろう。外へ持ちだすことが不可能であったか、または誰かの容疑に役立つためであろう。しかし、それはヒラノやその他の誰の容疑に役立つよりも、周作君の容疑に役立つのが第一であろう。要するに、それが盗まれる必要があったが、外へ持ちだすことが不可能であったことを語っているように

見える。

四。着物だの敷布など十七点のつまらぬ物をフロシキに包んで植え込みに棄ててあったが、各室内の物色ぶりはもっと重要なものを選んでいるに適当で、兇行後数時間もそこに居たことが明かなのに照して、一見して偽装と判ぜられる要素が目立つ。かりにこれを偽装と見ると手口は甚だ幼稚であり、通帳や書類を外へ持ちだせないので便所のマンホールへ隠したことなども精一パイのところであったようだ。

五。賊は数時間も室内に止りながら、周作君のポケットの五千余円の現金も小ヒキダシの中の一万円も探し当てていない。泥棒が一番先に探しそうなところに手をつけていないのは、その泥棒がお金を外へ持ちだせない立場にいたばかりでなく、そこにお金があると知っていたために、それを知らない泥棒が第一感で探すところに手をふれなかったことを暗示しているように思われる。

　ちょッと気のついたものを挙げても、周作君の容疑を深めるに役立つような状況ばかり揃っています。血痕の血液型や指紋のことは、各新聞の報道がマチマチで、当局の公式発表がなく、こういうものは公式の発表を本にしなければ意味をなしませんので、省きましたが、すでに逮捕状がでたところをみると、ここにも彼の容疑に疑問を生じるような反証は現れなかったようです。

とにかく、あらゆる状況のどの一ツからも彼の容疑に疑問をいだかせるようなものが見出せないのです。有力な反証がないばかりでなく、ひょッとすると他の誰かがという程度の気分的な状況すらも出てきません。

この全部を通算して、ここにたった一ツ、他の犯人がありうることを想像する余地はあります。それはどういう犯人かというと、以上列挙した状況証拠も、周作君にだけ軽いカスリ傷を与えて生かしておいたのも、全部を作りだし構成している犯人があるかも知れんということで、その犯人は彼が昏倒からさめたときヒラノと叫ぶこともちゃんと見抜いており、つまりシャーロックホルムズ先生を苦しめたナントカ博士という大変な悪魔的天才がいましたなア。あの悪魔博士にホルムズ先生やポアロ先生やクイーン先生やヴァンス先生の悪智恵をみんなたして、ヌルミの足やデンプシーの腕ッ節や猿飛佐助の青春の体力などを合成した一人物ですね。そういう人間が居ないということを過去の事実によって現在に当てはめて証明するワケにも行きませんから、そういう天才がおったなら、これはもう周作君は無実である。しかし、そういう天才悪魔を誰が見破りうるか。さてはこれぞ安吾探偵であるか。とんでもない。そういう怖るべき人物が実在するなら……いや実在しないね。すくなくともこの事件には。そういう大悪魔が実力を現すにふさわしい動機がないのです。そういう神通力との取引きに相応する賭の代償が、この事件には見出すことができないから、したがって、その怖るべき才腕をここで現すとは思われないのですね。

★

先日、朝日支局の鶴田君がきて、入院中の周作君に対面してくれ、とのことでしたが、ひらにカンベンしてもらいました。なぜなら、私はすでに今までのところで書きましたように、彼の犯行を確信しているのです。この確信はもはや動きませんので、彼と対話すれば、その確信から発したよからぬ言葉がいくら用心してもツイ口にでる怖れがあって、それは彼を苦しめるばかりでありましょう。私は犯罪の推理は好きですが、それはその犯人を憎むとか憎まんとか、そういうことと無関係なことであります。ただ周作君に会えば、自分の推理をたしかめたいような衝動にかられるでしょう。それは慎しむべきことに相違ありません。

さて、探偵小説の流儀通りに、殺人の動機を探す順になりましたが、さきに周作君の身辺や坂本家の内情を調査して判明した事情として書きしるしておきましたが、

一。周作君の会社の同僚の話に、彼が六日退社するとき今夜はオヤジの金をもって伊東へ行くと云っていたから、その金は一週間ほど前に威郎氏が上京して周作君に証券の現金化をたのみその同僚もその相手になったことがあるから、その金であろうと思った由でありました。

二。一方周作君の親類某氏の話では、威郎氏は周作名儀で十万円の預金があって、これを周作君に保管せしめており、最近に至ってこの通帳を伊東へ持参するように命じた。ところが彼はこの十万円を使いこんでいたので、いろいろ奔走してとにかく六万円の現金をつくって当日伊東へ持参した筈だということである。

三。威郎氏の日記によると、氏は五月十八日に証券をタンポに知人から十万円かりて、それを平野氏に貸している。これは奥さんにも秘密に用立てたもので、借金までして他人に用立てる、追放後は余裕のある生活でもないのに、家族にとっては相当に重大な問題であろう。これまでも平野氏にいろいろ金の無心に応じておったし、最近に至って、また平野氏が十万円の無心をもちかけ、威郎氏の今までの例からすれば当

然それに応ずるであろうと推察できるような噂があった。

四。威郎氏が周作君に保管せしめていた十万円の通帳の返還をもとめたのは、右の噂から推量すると、それは平野氏に用立てるためであるようだ。そしてそのほかに威郎氏に金の必要な理由も見当らない。

五。周作君の自供では、自分の持参した金が父が平野氏に用立てるためのものだということには全くふれていないけれども、母が彼にグチをこぼして、先日威郎氏が彼女にも無断で十万円を他から借金までして平野氏に用立てている、と語ったという。そして彼が浴室に倒れているところを発見されたときヒラノと叫んだそうであるが、それは平野氏がそれまでにもたびたび父に無心しており、それに対してかねて好感を持ちえなかったから、自然に彼の名を口走ったのだろう、と供述しているのである。

六。周作君は同僚に向って、今夜は父の現金を持ってるし、それを伊東に届けると云っているが、捜査の結果は伊東へそのような多額の現金を持ってきた形跡がない。

七。一方親類某氏は周作君が当日十万円の通帳を使いこんだ穴ウメに六万円の現金を工面して伊東へ届けた筈だと云うが、彼が六万円を持参した形跡はない。坂本家に発見された現金は小ヒキダシ中の一万円と、周作君のポケットの五千余円だけで、彼は帰宅匆々母に五千円渡したというが、その金は見当らない。要するに約一万五千円ほどの現金が発見されただけであった。

八。周作君は父から保管を命じられた十万円の預金を使いこんで、その穴ウメのため六万円の現金を工面するのに四苦八苦した由であるが、意外にも便所のマンホールの中から、彼がカバンに入れて伊東へ持参したものらしい八万円の通帳が現れ、それは彼の名義の預金であった。

以上の如くに彼の伊東への来着は金を持参するのが用件だったのである。その一事だけは各人の供述が一致しているが、それがいかなる性質の金であるかということになると、同僚、親類、周作君、全然共通したところがなく、その金額に於ても、発見された通帳の額に於ても、一事として共通点がないばかりか、通帳と現金の点では、親類の証言と発見された事実とは逆になって現れたりしているのである。

それは周作君が金銭のことでは親しい者にも全く秘密な生活をしておったことを暗示しておるように思われるが、また威郎氏の信任を博しておって彼が借金してまで融通してやっていたという平野氏が、その融通をうけた十万円を約束の事業に投入せずに二万円を私用に流用してあとの八万円は預金しておった。のみならずその不誠実を隠して更に次の十万円の融通を受けようとしていたらしい事実が想像されている。それに対して威郎氏は、平野氏が約束の事業に対して誠意ある行動を果しておらず融通した十万円を他に流用したりむなしく私蔵しているにも拘らず、それを察知せずに尚も家族には無断でその無心に応じようとしており、実に夫妻も、父子も、金銭問題では各人がそれぞれ孤立して秘密の会計と利殖を行い、金銭上では利害の共通したものがないのである。

近隣の話によると、坂本老夫妻は紙クズなどをクズ屋に払い下げると、その売り上げを老夫妻で折半するような生活をしておったという。金銭生活での孤立というのが、この家の宿命的な性格であるかのような印象をうける。追放後は厳冬の期間でも全く炭火なしの生活だったそうで、そんなに生活をきりつめながらも、十万とか何万とか、時には証券をタンポに入れて借金してまで平野氏に融通しておって、融通の結果としてそれが利殖を生んで戻ってきたということは一度もない。ついに周作君名儀で、周作君に保管せしめた十万円の通帳の返還をもとめた。周作君にしてみればゆくゆくは自分にくれる金かも知れんと思っていたかも知れんのに、それをも平野氏に融通するのかと思えば快くはない。すでに周作君はそれを使いこんでもおったから、そういうモツレから口論となり兇行となったもののようである。

実の子が金銭上のことで父母を殺すのがフシギだというようなことは、甘すぎる考えで、理を得たものではありません。周作君が特に変質者だというような見方も当を得たものではありますまい。

戦争中の乏しい配給以来、その乏しい食糧を父と子と孫でどういう風に割り当てて食うかということで、多くの家庭でその骨肉間に実に決定的な憎悪や怨恨が結ばれるに至ったようです。そういう例は無数に見られて、老父は孫の食物を盗み、子や娘が老父をこらしめ、老父が首をくくったり、子や孫を殺したというような例は決して少くはなかった筈です。実にこの食生活に於ては、すでに今日では当時を忘れた幸福な人々が多いだろうと思いますが、忘れ得ぬ不幸な人々も少くはありますまい。人のいろいろな慾望のうちでも、こうして当時を追想すると、食慾というものは、まさしく餓鬼道で、このきわまるところに人倫、人情はない。人間が鬼になる最短距離は食糧の欠乏、餓鬼道ですよ。

まだしも、人間は他人に対しては、諦めもあるし、甘えてならぬ理も弁えています。しかし骨肉となると、アベコベで、各人にワガママを言うべき一応の理もあるし、一方が忘恩に恨みを結べば、一方が碌に親らしいこともしてくれなかったくせにいつまでも親ヅラをすると怒る、そのどちらにも自分の立場を正当となしうるような一応の理窟はある。そこで骨肉の利害が相反すると、他人同士よりも鬼におちてしまうものだ。その恨みや憎しみは、他人同士よりも深刻ですよ。

まァ、多くの人々はヤミルートによって、そういう鬼におちずにすむことのできた幸福な方々でしょうが、食糧の乏しい配給の結果として、骨肉同士がその食生活のみならず、生活全般にわたって次第に孤立化し、それが自然に今日に至っている、そういう家庭も決して少くはないと思われます。

思うに、そういう家庭は、斜陽族にも多いだろうと思います。戦争までは不自由というものを知らなかった人は、はじめて不自由に際会して、団結して防衛するよりも孤立して我慾を急ぐという、不自由に対する防衛法のうちで一番原始的で、直接手ッとり早く効果のある方法をとり易いのは、一応自然でもありましょう。それに本来の貧乏人とちがって、家族のめいめいに自分の貯えやタケノコのエネルギーとなる着物だの宝石だの調度だのという私有財産などがあって、孤立化に適する道具立てが揃っているようなアンバイでもある。

坂本家にも、戦争の悲しむべき影響をうけて、自然に骨肉が孤立し合い、もし孤立し合わぬ者があれば、それは共通の利害を負うている者同士に限られている、共通の利害なき者は父子といえども根柢に於て既に孤立しておった、自然に骨肉がそういう関係になっていたように思われます。

ハッキリしたことは知りませんが、たとえば坂本家の長兄は生母も違うことであり、すでに明確に独立した生活にはいっておって、このように生活が外形的にハッキリ独立しているということは、別に利害が共通もしないが、反撥し合うこともない。関係がすでに淡々としているから、そこで内面的には却って孤立せず、父子たることの特別な利害問題で特別の愛憎に悩むこともない。

これに反して、周作君の場合は、その生計が一応独立しているようであっても、まだ学校を卒業して辛うじて一本立ちしたばかりで、親と子の表面的なツナガリの残存しているものが多い。実はそれぞれ魂は孤立しておっても、表面的なツナガリが多いために、内面的に孤立している結果として、親と子の利害が反する時は、その怨みや憎しみが、他人同士よりも根強く結ばれるに至ることは決して不自然ではないのである。

周作君は何不自由ない少年時代には甘やかされ、甘えて育った愛児であったであろう。甘えッ子のワガママというものは、彼が他人に対しては非常に自制心が強く我慢強くて礼儀正しく育つに至っても、その親に対してはいつまでも甘えッ子でワガママであるということが、長じてそれが抑えられて親に対しても他に対すると同じく慎しむようになる者もあるし、いつまでも甘えッ子のワガママで、それが他に対してそうでないことの息ヌキの役をつとめているような場合もある。

周作君の魂はすでに父母に対して孤立しておったが、甘えたワガママな習性だけは残っておって、それが利害の甚だしく相反する事態が生じて怨み憎しみを結ぶに至ったときに、甘えッ子が甘える相手に対しての復讐が特に節度がなくて逆上的であるような今回の結果が突発したのではないかと推察せられるのである。

骨肉同士というものは、いったん怨みを結び憎み合う時には、そのモツレが生れながらのツナガリによってその怨み憎しむ根やイワレが各人の生活史の最深部の奥の奥まで食いこんで絡んでいるのだ。その根強さは他人同士の怨みや憎しみの比ではないのです。虐げられた一方の骨肉が我慢に我慢して遂にセキを切って落した切なさというようなものは、他人同士の事件よりも、骨肉相食む場合に却って身を切られるようなその切なさに涙を禁じ得ないような場合があるものであります。

子供が親を殺す場合も決してフシギではありません。特に食生活の孤立化から生じた骨肉の孤立化ということは、私は戦争の生んだ現象のうちで最も特異なものと信じております。私がこの一文を書きたかったのも、これを言いたいからでありました。

（「新潮」一九五一年八月号）

チッポケな斧

戦後の日本は稀有な幸福にめぐまれていた。それは古い殻の多くのものを捨て去って、一応白紙の状態から自由な再建を試みることができるという幸福にめぐまれたのだ。むろん純粋な白紙というものではないが、とにかく一応はそう云ってもよろしかろう。古い日本には多くの悪因習があった。それを捨てて新しくよりよいものを再建できれば、敗戦も戦禍もツグナイができるし、むしろモウケをとることもできる。

この歴史的な再建、大手術の時代に生きているということについては、その歴史的な責任を自覚する必要があろうと思う。私が堕落論以来、社会時評や歴史批評、また巷談のたぐいでガラにもなくチッポケな斧をふりまわしているのは、われわれの小さな力が実は祖国の大きな未来や運命を決することになるのだから、悪く再建されないように、文筆で生きる身の時代的な責任をいくらかでも果したいという多少はケナゲな気持もあるわけです。歴史を読めば分ることですが、戦乱の惨禍、廃墟の後というものは、実は人間が最も希望を託して然るべき大建設の場であります。特にこの敗戦の場合には、占領軍の政策以外には国内に強権がなく、国内的にはすべてが破産状態になって一応白紙に還ったということは日本の歴史では初めてであるし、のみならず我々野人が自由に批判することができるのも初めてだ。私は私の史観によって、特に今に生きることの責任を痛感している点もあります。この時に人ありせば、というのが歴史を読む人の甚だ通俗な感傷ですが、恐らく後世の日本人が、この時にこそ人ありせばと最も痛感するであろう大転換期に我々が生きているのだから、現代に於ては読史家の通俗な感傷ぐらいバカげたものはない。

　この再建は、およそ軽率であってはなりません。一つの新しい制度をつくったり、一つの古い制度を復活させるというようなことに際しては、その可否について多くの角度からメンミツに検討さるべきであって、旧に復する方が手ッとり早く安易であるし、馴れもあるというような軽い気持でやられては、戦争に負けた重大な意義も、何百万の人命を失った意義もなく、再び足もとのオソマツな、土台のグラグラした情けない日本を作ってしまう。

チャタレイ問題も、まず、その観点から考えてみなければなりません。日本の再建は甚しく危険な方向に傾きはじめている。せっかく白紙に還ったことがゼロになり、マイナスになりそうになってきた。天皇制の廃止ということは、まず第一の切開であった。天皇制のために日本人の生活がどれぐらい歪められていたか知れません。なにしろ偶像の実存を前提としているのだから、そのために、真理が自由に通用するということが不可能であった。学問は真理を究明するものだ。ところが世界にただ一ツ、真理をマンチャクすること、真理を隠すことを前提としているのが日本歴史である。仏説の故に正しいという宗教と同じように、国撰の史書が前提であって、これを覆す真理は究明できず、むしろツジツマを合せたり、真理をマンチャクすることの合理をもって哲理の基礎とする国学という奇怪な体系が現れ、陰に陽に、日本の学問はこの化け物の支配下にあったと云える。この化け物は学者と称する人間の骨を抜いていたようだ。だから、終戦後六年もたち、一切のタブーが失われて自由の究明が許されても、日本の史家で過去に隠されていた歴史の真相を明かにしようと試みたのは滝川政次郎氏ぐらいのものだ。曲学阿世の徒と云われても、どうにも仕様がないのは、日本の国史家であろう。仕方がないから、私のような素人が一知半解な史実を説くようなことになる。曲学阿世の徒にまかせておくわけにゆかないから、辛いけれども仕方がないのである。

表向きは学者で通り、真理を明かにすることを仕事にする筈の人たちがこの有様なのであるから、天皇制の廃止という大そう結構な変革が現れても、実は全然その実が挙らなかったということを銘記する必要があろう。つまり、真理をもってタテマエとする、という大事な精神が失われているのだ。真理なんかはどうでもよい。土台からやり直すのは大変だから、今までの焼跡へバラックを復旧させればタクサンだというやり方だ。一応間に合せることは復旧の一方便ではあるが、それが一国を再建する根本精神ではおよそ助からない。性こりもなく昔の愚かな日本が再び出来かかるようなキザシに対して、腹の立たない方がフシギであろう。

新聞社の人たちからきいた話では、政界の大物が追放解除になっても、松本治一郎氏だけ解除にならないだろうという噂があるそうだね。なぜかというと、天皇の前でカニの横ばいのような儀礼を拒否したカドによって、特に睨まれているせいらしいという話である。実にバカバカしい話さ。

こういうガンコな人間がいるというのは大事なことだ。社交的な儀礼はまァ当然だから、横ばいを拒否したのも大人げない、という人もあるが、その大人げないという世俗の感情を適切に割りきったような言い方が、実は正しい目をくらます目ツブシのような曲者らしいね。いろいろ大人げない風変りなことにイコジなガンコ者が居るのは当然だし、居る方がよろしいものだ。バーナード・ショオとか、ヴォルテールとか、そういう憎まれ者も必要なものだ。カニの横バイがイヤだと云って、どうしても横バイに応じない参議院副議長というのが一人ぐらい現れるのは、一ツの国会風景としてもユーモラスで面白い。議場で小便たれたり摑みあいする連中に比べて、このユーモアは真剣で汚らしさがなく、まことに健全ではないか。こういう妙なイコジや、風の変ったガンコが相集り、相論じ、ケンケンガクガクのアゲクに少しずつ真理が生れ、真理に近づいて行くものだ。究理の徒はイコジである。イコジであることによって真理の一部を逸しもするが、イコジでなければ真理をまもれないのが自然であろう。

カニの横バイがイヤだと云ってどうしても天皇の前で横バイしない副議長の存在を汚れのない健全なユーモアとして認容したり観賞したりすることが大切だ。もっとも、カニの横バイをしないのは怪しからん、という言い分のある人は大いに彼を攻撃するのも結構であるが、しかし、それによって副議長や政治家が失格だという結論が現れるのは奇妙じゃないか。副議長や政治家の条件や手腕はカニの横バイには関係ない。ツムジマガリの生きにくい国は文明が低いと思えばマチガイない。宗教的に統一された原始国にはツムジマガリは生きられない。めいめい存分にその個性を発揚して生きられる国でなければ文明国とは云えないのである。

松本氏のツムジマガリが特に天皇に対するものであるために許容されないとすれば、再建日本の危険がそこに暗示されているのは一目リョウゼンではないか。

特に松本氏は被差別部落出身の人だ。奇妙な階級観念で長いこと不当に虐げられてきた人々の中から松本氏のような代表者が現れて、転換期の国政の枢機に当るというのは賀すべきことであった。その彼がいきなりカニの横バイを拒否したことは、当然なところもあるし、大人げないところもあるし、エゲツないところもあるし、同情すべきところもある。すべてそれらをひッくるめてユーモラスでもある。そして健全でもある。カニの横バイを拒否したことが真理にかなうものではなくて、やや感情的であるにしても、真理に近づく道は一応それの存在を許容してケンケンガクガクすることによって始まるもので、それによって追放の解除が延期されるというようなことは日本が再び真理を失う前提にほかならない。

なんでもハイハイと習慣にしたがう人間よりも、それを拒否するツムジマガリの方に、大切な要素が含まれていることは当然ではありませんか。そのツムジマガリがなければ、社会の進歩も改良もないね。

警察予備隊の編成、再軍備の声につれて、右翼や旧軍閥の暗躍、天皇制支持者の大言壮語が大いに復活しはじめましたね。

敗戦の廃墟から立ち上ろうというドサクサだから、多くの混乱もあろうし、道義のすたれたところもあろう。道義を高めることは重大な仕事であるが、現在の低下を理由として戦前の秩序や制度を合理としそこへ復帰しようというのは安直すぎるね。その安直さは現在の道義の低下よりも更に甚しく悪質な思想の低下、良心や誠実さの低下といえよう。

道義の低下もいわば敗戦の傷だ。その傷を咎めるよりも、その元兇たる敗戦の要素、古い日本の負うていた悪因習や悪制度に最大の思いを致すべきであろう。戦後の思考はすべてそこから追求されはじめるのが当然であるが、その当然なことが誠実になされたフシはほとんど見られない。安きにつきたいのは一般庶民の常であり、不馴れなものや、特に今までよりも自分に不利らしい変化に反撥して昔をなつかしむのも一般庶民の常であるが、政治や国法の運営に当る者が、旧習の禍根について誠実な追求を怠り、安きについてはこまる。

　庶民の多くは安きにつきたがり昔をなつかしむものであるから、それによって選ばれる政治家、多数党というものは、国民の過半数の代表者には相違ないが、決して真理を代表するものではない。時の民意の多数を制するものが真理ではないのである。民衆の多くは保守的なのが自然で、より進歩した生活の実効を知らずに、旧習への執着だけで進歩に反対するものであるから、いかに多数の民意を代表するのが政治のタテマエでも、それだけだったら生活の進歩も向上もない。多数の民意によって選ばれた政治家でも、民意を行うと共に、進歩的な指導力も必ずなければならぬものだ。

　特に今は、敗戦を齎したもろもろの禍根を追及して後世の遺産たるべき新しい日本を再建する空前の機会ではないか。民意に添いつつも、必ずしも民意に添わぬ手術の多くを行わねばならぬ時代である。この時代に処する当然の心得はそれだ。一面には民意を代表しても、一面には民意に添わぬ真理を代表することを時代の心得とすべきである。

民意に添うか、真理に添うかということの規準は、そのいずれを執る方が旧日本の愚をくり返さぬかという程度をもって心棒とすべきであろう。絶対とか永遠不変の真理というものは生身《ナマミ》の人間の生活には宗教的なものをおいてはほかには実在しない。個性というものにとって、真理（この場合は生活原理というべきか）は宗教的にしか在り得ず、左様な宗教的な生活原理は政治に採用すべきものではない。政治は多数の個性を生かすことであるが、唯一の個性を生かすことではないから。宗教にはユニホームがあるが、政治にユニホームはあるべからざるものであろう。

政治や国法の運営が、旧日本の愚をくり返さぬ方向に向っているかどうかということは、現代の心棒たる心得であり、論争の出発点でなければならない。チャタレイ問題とても、そうである。

チャタレイを起訴するという方針が、真理の側から起ったか、民意の側から起ったか。この民意は旧に向って安きにつくという意味もあるが、旧をもって正しとすという意味もある。この両者がまじって多数の民意をなしているようである。

いろいろのワイセツ文学（旧日本時代に発売禁止であったという意味の）が今日出版せられているのに、なぜチャタレイだけ特に選ばれて起訴されたか。この理由がハッキリしない。意外なことをやったものだと思う。

金瓶梅が真の大文学だというような声はあんまりきかなかった。人性も割合によく描かれていて単に好色読物というべきではなく、一応の文学でもある、という一部の説は昔から日本にもあった。それにくらべると、戦前に伏字だらけのチャタレイが出版された時には、第一級の新文学、新しいモラル追求の大文学などと大きなセンセーションを起したものだ。私も若干の敬意を表して短い文章を書いたのは覚えているが、戦後に短文を集めて随筆評論集をだすとき、ずいぶん探したが、これをのせた雑誌が手にはいらなかった。しかし、チャタレイが主ではないが、チャタレイにふれた文章はいくつかある筈である。いまの中堅作家で過去にチャタレイにふれた文章を書かなかった人は殆ど居ないだろうと思う。概ね讃辞であったはずで、中にそうでない者があっても、今日の中堅作家がチャタレイを一度は自分の文学上の問題にとりあげずにいられなかったのが事実である。私は、文壇の時流的な読物には甚だ無関心に、自分勝手の偏した書物を読んでいるのが普通であったが、それでもチャタレイはかなり熱心に読みもしたし、論じもした。新しい翻訳文学としては、昭和時代に最もよまれ、影響を与えたうちの定評ある一作品であろう。

好色文学として定評あるものを選ばずに、特に純文学の中でも新しいモラルを追求したものという定評あるチャタレイをとりあげて起訴したのはナゼだろう。

つまり、単なる好色文学よりも、文学として、芸術として定評あるもののワイセツを槍玉にあげる方がワイセツ全般を衝くことになろうという意味でしょうか。それもどうも分ったようで分らん理由だね。

文学や芸術に結びついたワイセツの方がなぜ全部の代表になるイワレがあるのだろうか。文学や芸術の名に於て、というのが、気にくわない理由があるらしい。純粋にワイセツであるものよりも、文学や芸術の名に於てワイセツである方がもッと悪い、と彼らをして思わしめる理由があるらしい。その理由が、どうにもハッキリ分らないのである。

純粋にワイセツであることよりも、より悪いワイセツがあるか。善人なおもて往生をとぐ、いわんや悪人をや、という意味かな。つまり文学の名で善人ぶったワイセツだという意味だろうか。それも一理あるようであるが、しかし、それだと奇怪なムジュンが現れてしまう。

チャタレイのモラルの一ツは、文学の名ではないけれども、何かの名で善人ぶった色情の仮面をはぎ、純粋な色情を肯定するところからはじまっているのだから。検事は親鸞の熱烈な信者かどうか知らないが、善人なおもて往生をとぐ云々のロジックが起訴のクロマクだとも思われないね。

もっと俗な、文学や芸術に対する敵意や侮蔑があるようだ。文学や芸術の名に於て流す害毒、というような、親鸞の往生論をもっと俗に感情的にした敵意があるとしか思われない。

通俗な好色読物の方は文章的に風流であり、チャタレイは写実的だというならば、それも亦、根本的に考え違いだ。好色読物は文章が風流的でなければ救われない性質の低俗なものであるが、チャタレイには風流を許さぬマジメさがあるのである。風流読物は良識のワク内で遊んでいるもので、子供には分らぬかも知れぬが、大人がフンフンとやにさがって読む図は、これを健全なる君子生活とでも云うべきか。それまた、よからん。敢て咎めるところはなかろう。しかし、チャタレイには遊びはない。良識とか良俗とか云われて今日的に健全な人性の偽瞞に対して反撃をこころみ、より高度の人生をさがしているものだ。風流とは相容れない性質のものです。風流は今日的な良俗のワク内に於ける遊びにすぎない。根本的に立場が違う。

あそこまで書かなくともと云うのは大マチガイで、あそこまで書くということは大変なことですよ。それは小説を書く人間が、自分の筆の運びごとに内省してみれば分ることとです。風流小説については別ですが、とにかく自分の思想を語ろうとする小説とか論文の執筆中に、別に誰にインネンをつけられているワケでもないのに、自然に妥協したり、にわかに風流的筆法でごまかすようなことをやるものだ。風流的にごまかしても言うべきことの大体はなんとなく言い表しているから自己を偽っておらぬ、と言う人を、私はどうも信用できんね。そういうゴマカシで間に合うということは、ロレンスほど逞しい思想と信念をもたないせいで、私は私自身がその間に合せを行う時に、いつも侘びしいと感じる。別に、羞しいとは思わない。自分がそれだけの人間だと思っているから。そして、私の為し得ぬ正しさを行い得る人を、私などの及びがたい人だと崇めて、敢て己れと比較するようなこともないから。

ロレンスのように、あそこまで書きされるということは、彼がマジメだからですよ。そのワイセツなところで読者を釣ろうなどというものではありません。彼があそこを書いている時に争っているのは、ただいわゆる良識とやら云うものだけです。私のようないい加減な筆を弄する文士でも、己れの創作状態から類推してそれが分ります。

争う時には、筆が深入りするもので、マジメであるほど、そういう滑り方をするだろうと思う。良識から云うと、あるいは書かでもの部分があるかも知れぬが、あそこまで筆が滑らずにいられなかったロレンスのマジメさや、思いつめた覚悟は、とても私などの及ぶところではない。写実と風流の文章は根本的に異質であるが、ロレンスは写実の許す限りに於て技巧的に汚らしさを避けており、（私は福田恆存君から借りた仏文でその箇所を若干よんだだけであるが）それを見てもワイセツなるものをワイセツのために描こうとしたものとは質的な距りが読みとれるのである。伊藤整君の訳文も亦、ロレンスの良心を日本語に移すために並ならぬ技巧が払われており、卑俗な訳者と異るものを明確に示している。名文である。

検察官というものは法の運営にたずさわるもの。国家再建の主導力の一環をなすものだ。国法の運営は民意を代表して為さるべきものではあるが、現代に於てはそれ以上に旧日本の愚をくり返さぬため民意よりも真理の側に傾くべきときである。民衆の正義よりも真理の正義のために戦い、再建の正しい基盤を定むべきときである。

チャタレイ問題に於て、検察側は明かに民意の側についている。チャタレイ文学の思想とか芸術性は問題ではなく、ワイセツの部分だけが問題で、そしてそれが水準以下の一般大衆に与える影響だけが問題であると称して、文学や芸術の高度の目的を完全に無視し、踏みにじっているのである。

日々の新聞は良俗と相容れぬ犯罪で賑わっているかも知れぬが、調停裁判だの心中だの情痴事件だのという新聞には現れぬようなところで、良俗と称するもののワク内で、または良俗と称するものの不合理からと思われる多くの事件が起っている。情痴殺人などという新聞を賑わす問題でも、情痴は良俗に反する側に附せられた習慣的な悪名であるが、一皮むいて良俗の側の合理性を疑ってみることはできないであろうか。

文学というものは主として良俗を疑う側で、よりよき生活、より正しい生き方はないかということを目指すものである。

国法は常識を代表するものだ。検事は良俗の番犬であるのが平時の任務かも知れないが、六法全書をひねくるだけの職業的な立場とは別に、個人としては国法や良俗の不備不合理を痛感する理想ぐらいは有ってもよかろう。より良きもの、より良き生き方をもとめるのは誠意ある人間の当然であろう。そして現代は、六法全書の解釈にとどまったり、良俗の番犬たるにとどまるべき時ではなく、各人がその職域に於て、国家再建のより正しく行われんためにまず旧習を疑うことから出直すべき時ではありませんか。番犬などと云うと牝犬神のデンでお叱りを蒙るかも知れんが、番犬とは、主人のいいつけを忠実に守る犬ということで、これが形容に用いられる時は「主人（国家）のいいつけを忠実に守る。」というのに主点があって、犬という方には意味がないのが通常の慣用です。犬という字がでてくると、つい言葉の用法や解釈を施しておかねばならない気持になってしまいますな。

しかしチャタレイ起訴の裏面には、国家再建のために旧習を疑るような誠意ある思考や理想の裏づけはないね。より良く正しい生き方をもとめて良俗に反逆したマジメな魂を、情容赦なく土足にかけていますよ。民意に迎合するのみでなく、特に汚らしく読み、汚らしく観察することに努めています。強いて罪に落すために必死である。

禁止する、というぐらい国を治める安直な方法はないものだ。どんな能なしのデクノボーのバカ殿様でも、見たり聞いたり行ったりすることを禁止して国をおさめることはできる。国を治めるに、これぐらい誰にでも出来る方法はないのである。高い垣を作って動物を飼うのと同じことだ。オリやカゴへ入れれば動物も人間もカンタンに飼ったり治めたりできる。そういう禁止のワク内では自由もなく、進歩もない。

人間の生活は各人が各自の見解や節度で秩序を維持することによって高まりも深ま

りもするものだ。殿様があるワク内へ人民を禁足せしめて生活を配給する国には自由もなければ人間もない。人間の生活は、自分の生活を自分で選び、自分で作るのが基本にきまったものだ。人間というものは各人が信頼するに足るもので、いずれも独自の尊厳や権利や自由があるもの、良識というものは、この基盤から育つもので、いったん禁止や配給が行われるようになれば、人間の全体の自由が失われたことを意味する。なぜなら、一を禁止しうる原理を前提とすることは、全てを禁止する原理への階段がつくられたことを意味するから。敗戦をもたらした日本の悲劇は、人間を信頼せず、命令によって動くゼンマイ仕掛けのデクノボーたらしめることで秩序を維持するに成功したことからはじまる。哲学も歴史もデクノボーを合理化するように作られた始末である。人間をデクノボーにすることによって秩序を維持するのはカンタンさ。しかしデクノボーは人間ではない。

人間は各人が信頼するに足るものだ。人を信頼できないのは、信頼できない人の方が悪いのである。そういう人はアプレゲールという特別な悪い人間が実在すると思いこんでいる。山際君も佐文嬢も昔からありきたりの人間にすぎんじゃないか。むしろ二人には、罪はあったが、「一個の人間として」自分の力でよりよく生きぬこうとした努力の跡は認めることができる。彼らが一個の人間として万人に遇されるような環境ができあがっていたら、彼らはあんなにならなかったであろう。人を信頼せず、人を自分より低く見る年寄根性や道学者根性が、若い人たちの正しい芽をゆがめていることの方が多い。彼らに自由を与えてごらんなさい。決していつまでもワイ本に読みふけりはしないから。やがてそれに反撥し、より正しいものを求めたり、高い生活を求めたりするから。私はワイ本に手をふれずに、少年君子ぶった秀才よりも、ワイ本を読むべき時期には読んで、やがて読みすて、より良く高い自分を求めて育つ人間の自然の状態に於ける自由で逞しい成長に期待するのである。ワイ本を読む時期に読むことの当然さをむしろいたわって、次により高きものへと反撥し生長する魂の発展を期待してやりたまえ。そのようにして人間が育つなら、今の日本の年寄のような思いあがった道学者や、ゼンマイ仕掛けのデクノボーは現れやしないさ。

　ワイ本に興味をもつ時期には、それを認めてやることが、むしろ正しい人間を育てる条件ですよ。ある少年の期間に性に興味をもち、ワイ本を読みたがるのは自然のことだ。むしろその自然を利用したまえ。そしてその期間を他の人生の期間と同じように厳粛なものであると知りたまえ。

ワイ本を読むことがダラクだのときめている年寄どもの方に正しい識見がなくて救われぬ助平根性が多すぎるのさ。自分の偽らぬ心を見つめつつ育つことを知らず、単にデクノボーとして育ったから、人間というものを知らない。彼は自分がデクノボーだということを心得ず、自分を人間だと心得て、自分の無能や汚らしさを若い自由な魂の生長にも当てはめようとしているのである。

ワイ本も堂々と存在した方がよろしいのだ。若く正しい魂はじきワイ本を卒業し、ストリップを卒業するであろう。そしてワイ本の作者もストリップの踊り子も、若い人たちの識見につれて、次第にその風流も高まり、あるものは芸術の域に至るであろう。それが人間の正しい進歩だ。自由にまかせておけば、じきにそうなるものである。デクノボーどもが考えるほど自由な若い魂は汚れはしない。ワイ本ぐらいで汚れはしないものだ。デクノボーのオセッカイが正しい魂の成長をゆがめさせているのである。

ましてチャタレイの如き芸術品に於てをや。何の起訴、何の禁止の必要があろう。むしろ、これを起訴し、禁止しようとすることの危険さこそ警戒すべきことの大なるものではないか。国破れてまだ六年しかたたないというのに、再び愚かな日本を作ったら、後世の日本はまた長く暗闇の中で苦しむであろうよ。新しい遺産を残すべき空前の歴史的時代が今だというのに、後世に対するこの空前の責任を自覚しないということは助からないね。

検事殿。若い人たちの魂がワイ本を読んで汚れるかどうか真剣に考えてみて下さい。私は自分の一生をふりかえり、また周囲の若い魂の生長を見つつ、そうではないと断言できます。デクノボーたちが作っているウス汚い環境や人生観が悪いのさ。あなた方が育った教育も社会秩序も人間観もデクノボーのもので、人間のものは違っているのだ。そう考えてみる方法を、第一に知る必要があります。もちろん私も、いろいろと考えてみるツモリです。

法廷を人間のものたらしめんことを。アーメン。

（「新潮」一九五一年七月号）

裁かれるチャタレイ夫人——坂口安吾傍聴記

最高裁の玄関が宮殿のようなのに比べて、地裁の法廷の小さくて汚らしいこと。ソレ罪ノ如ク汚シ、というべきかね。ところがチャタレイ事件の起訴状を一読するに及んで、法廷よりもさらに汚らしいのに驚いた。あの小説をこれぐらい汚く読んで汚く観察するというのは普通ではない。汚く読み汚く観察する特殊技能によるらしいが、それにしてもはなはだしいね。

中島健蔵、福田恆存の両特別弁護人が、まず起訴状の文章の汚らしさを衝いたのは文学者として当然だろう。

良人を善玉と規定

最も面白いのは、作中人物の性格を検察側が自分流に規定していることである。姦通される側の良人を

「優れた社会的環境の下に父祖より善良な素質を享けつぎ教養にも欠くるところなく平穏なる生活を営んでいる」

クリフォード。これに対してその妻は「牝犬神」の有夫の婦。第一の情夫マイクリスは

「反社会的で『下司な』憂鬱にさえ見える痩せた文芸作家」

第二の情夫メローズは

「自分の家庭に使用する森の番人で教養の度に優れず社会人としても洗練されていないむしろ野性的で粗雑な羞恥をわきまえざる有婦の夫」

とある。「牝犬神」と「下司な」が特にカッコに入れてあるのは起訴状がそうなのである。

単にクリフォード、コニイ、メローズとどうして書かなかったのか、まったく奇妙なことだね。必要がないじゃないか。私が文士としてこの文章を判じると、これらの性格を与えたり書き添えることによってワイセツ罪が強まるという考えによるものの

ようだ。妻をとられる男の性格を善玉にしたのは面白い。しかし、小説を読めばそうではなく、冷酷でつきあいにくい男がクリフォードだね。

作中の人物を起訴

他の三人の性格も検察側の判断で、ロレンスはそんな規定を与えてやしない。「下司な」痩せた、がまた面白い。起訴状のこのあたり、ワイセツの妖雲むらだっていますね。原作にない妖雲で、起訴状の作者のみに内在する妖しきワイセツの黒雲だね。

自分の家の森番で教養が低くて野性的で粗雑で羞恥をわきまえないメローズと恋をしたからという理由でコニイを悪い女であると裁判しているような文章である。まったくこの起訴状は、ロレンスや伊藤整よりも、まず作中人物を起訴して同時に判決しているような妙なオモムキがありますよ。特別弁護人がこの変テコな文章に文章上の釈明を求めたのは当然だね。

検事の冒頭陳述によると、本件はロレンスの原著にふれず、起訴の対象は日本訳で、したがって作品の文学性の論究にふれるものではなく、部分的なワイセツ性のみが対象であるという。

作品全体のモラル

文学作品中の一環としてでなくワイセツな部分の描写だけを切り離して、それだけを対象に起訴した、という意味であるが、その作品全体の意味を見ることなく、一部分だけを切り離して論じたり起訴するような野蛮なことが行われるに至っては、文学にたずさわる者は我慢ができるものではない。

考えてもごらんなさい。文士というものは作品全体のモラルにおいて社会的責任を負うのは当然でしょう。ロレンスが世間の攻撃を怖れて秘密出版したという意味は彼が自作をワイセツ文書と認定していたわけではなくて、時流に容れられないことを自覚していただけのことだろう。自分のモラルが時流よりも正しいことを彼は信じていたのだし、言うまでもなくモラルに対する責任は持っていた。文士はみんなそうですよ。東条内閣の下においてはとにかく、自由な時代において、自らの作品のモラルに責任を負わぬ文士があるはずはないだろうね。しかし、作品の全体から一部分だけ切り離して特にそこだけの責任を負えという野蛮な法を押しつけられてはたまらない。そのような法が通用してはたまらないね。当然作品全体のモラルとともに論究されなければなりますまい。

検事の誤読を起訴

しかし「チャタレイ夫人の恋人」という小説は文章的に決して汚らしい体臭を放っているものではないが、この起訴状が放っている文章の体臭は助からないね。実に、救いがたいね。あの小説をこれほど汚らしく読む人が実在するということは意外であった。

性の問題にほおかむりして人間の魂の平和をさがすのはどうしても不可能です。人間いかに生くべきかという問題に文士がよりマジメになればなるほど、むしろ性の問題に露骨にふれる度が多く必要になる性質のものであるかも知れません。

伊藤被告は検事の誤読を指摘して、その読み方に抗議したが、文士の側から見れば、検事の読み方を起訴したくなるのは当然だろうさ。トコトンまで争うことさ。静かに、そして、誠実に。マジメに、そして、虚心に。そして正しい結論を得ましょうや。

（「読売新聞」一九五一年五月九日）

被告席の感情

私はチャタレイ裁判ではじめて法廷というものを見た。感じのよい場所ではない。伊藤君が罪人とは考えられない者の目から見ると被告席がいかにも残酷な場所であるのが身にしみるのである。伊藤君は病気中の由で、青ざめて生気がなかったが

『なぜ告発されたか理解に苦しみます』

と叫んだときに、彼の生れつき低い声が怒濤のように高まってブルブルとふるえた。弁護人のいかなる言葉も及ばない悲痛なプロテストであった。

このような感傷的な観察が中正を失って無用なものであることは私も承知している。むろん法廷の論争は感情ぬきに論理をつくさるべきであることは当然であるが、しかし被告が法廷に立つことによって受ける屈辱は論理によっては割りきれない。それが

国法にたずさわる人々に、身にしみてお分りになっているだろうか。

恐らく彼らは法律に感情がない如く、被告席の感情を無視し、むしろ笑殺しているかも知れない。

しかし私のような法廷を見なれぬ門外漢が、一足法廷に立入ったときに、まず胸に迫るものは、被告席の感情だね。無限の感情がもえたっていますよ。

果して法律は正しく行われているか、まず胸をうつものはそれである。この被告席に当然立たさるべき大いなる罪人の多くの者を忘れてはいないか。彼らは権勢をもちをもち富をもち王侯の如くにふるまっている。それに対して彼らは何をしたか。法律は何をしたか。

伊藤君の生れつき小さい声が思わず高まりブルブルふるえたとき伊藤君一個の無罪が叫ばれていると見たらマチガイだね。そこに叫ばれた無罪の声の一つ一つに、国法にたいし、また国家にたいして悲痛なプロテストがなされ、不信がなされていることを感じとりたまえ。法律の関係者はそれに無関心かも知れぬが、庶民が法廷から身にしみて感じることは、被告席の感情、無限の怒りですよ。

（「読売新聞」一九五一年五月二十一日）

チャタレイ傍聴記

十時十一分、伊藤、小山両氏出廷。六分おくれて裁判長現れる。その六分間は写真班が被告席の両氏の周囲をごったがえしている時間である。着席の裁判長をとりまいて、またひとしきりフラッシュがひらめく。上下左右に入り乱れてうごめきまわるカメラの数は、私の目にとまったのが十四である。

写真班が退廷をもとめられて立去るざわめきがまだしずまらぬうちに

「判決主文……」

この裁判長としては珍しく張りのあるハッキリした声がもうきこえてきた。

「シッ。シッ」

まだ響き残っているざわめきを制する声が諸方から起る。それらの雑音とまじりながら、万人注目の判決がおよそなんらの劇的なところもなく、あっけなく述べられていた。

「小山被告罰金廿五万円……これを完納しない時は……訴訟費用は小山被告のフタンとし……」

多くの人がどうせそのへんだろうと予想していたような判決だから、ざわめきはどうやらしずまって裁判長の声はみんなの耳によく通ったが、なんの反響もない。と――

「伊藤被告は無罪……」

法廷は相変らず無感動である。新聞記者席の鉛筆の音が、カイコの群が桑の葉を食う音に似ていた。それも単に職業的ないそがしさにすぎない。

まもなく周囲の記者席から、この判決の感想いかん、という紙片がポンポンとんできたが、これも私と記者諸氏だけの職業的に多忙な動きにすぎないのである。

しかし、私はいささかボンヤリしていた。行きがかりから考えてこうアッサリ無罪とは思わなかったせいである。

「これは、珍しい……」

私がその瞬間に思ったのは、それだけだ。そして、私はただ何となくホットした。なんとも呆気ない安心だった。法廷にほとんど反応が起らないのも、私の腑のぬけたような安心を深めさせたばかりである。

私はもとめられた即席の感想として、まず書いた。

「穏当な判決……」

伊藤無罪に腑がぬけて、小山被告の重刑の方はすっかり忘れていたのである。

裁判長が判決理由を述べている。卅分ぐらいは論旨が私の耳につかない。私の注意力がサンマンなのではなく、裁判長の朗読が、調子にのらないから、文章の接続が発音のメリハリの上でハッキリせず意味が聞きとれないのである。

ちょうど十一時ごろ「チャタレイ夫人の恋人」のワイセツ性という点にふれはじめた頃から、裁判長の語気が調子にのってきた。自然に声も高まり、メリハリも定まって、ようやく論旨が私の耳につくようになったのである。

彼の論旨の中で、時々私の耳をおびやかすのは

「桑原武夫氏の『文学入門』によれば……」

というのが再三現れて何かの支えとなっていることだった。証人の陳述の引用にま

じって現れるので、私には、裁判長個人が桑原氏の「文学入門」を何かの支えとしているのか「文学入門」という本が背広服をきて証人に出廷した事実があったのか、捉えどころがなかった。

私は隣席の中野好夫教授に質問した。

「桑原氏の『文学入門』は誰かの希望で証人に立ったのですか」

「いえ。裁判長が勝手につれてきたのですよ」

オヤオヤ。そうか。だんだん彼の論旨が耳によくつくようになったが、まだ半分は分らない。あとで刷ったものでも見せてもらわないと、法廷の言葉は、分らないものだ。どうも法廷の言い回しが、私にとってはこみ入りすぎているように見える。……

（「読売新聞」一九五二年一月十九日）

見事な整理

チャタレイの起訴で私がまず何より異様に感じたのは「共謀」という言葉だった。むろん文士とても、他の何かで共謀することはあるかも知れぬが、本来の職業たる文学のことでだけは「共謀」ということが先ず甚しく異様だ。ゴンクール兄弟のように、たまに合作という異例もあるが、文学は本来個人の創意によって為され、首尾一貫して個人の責任で為されるものである。文学に対する作家の心構えというものには、本来「共謀」という要素だけは微塵といえども無いもので、およそ日常の心構えと最も縁のない共謀という言葉が起訴状の主点になっているから、私は呆気にとられもしたが、こんな起訴はとるに足らんという感をまず強く受けた。

文士が文学上のことで裁かれるとすれば、常に個人の責任で裁かれるのが当然で、他との共謀で裁かれることがあるとすれば、作家が生命とするものとは拘わりのない点においてでなければならぬ。

文士が物を書いてそれが本になるまでの過程においても、文士は書いた物を本屋の「使い」に渡してしまえば役割はすむ。著書の売り方に文士が関係するということは、彼がそこの顧問か社員でなければ考えられないことであろう。

第一、ちょっとした出版社なら、編集、営業と分離しておって、文士と関係のあるのは編集部だけである。文士と編集者は親友かも知れんが、営業部員の名も顔も知らないのが通例である。

起訴状の本旨は、こういう一番卑近な点において、作家の現実の生活に反しておるから、文士たる私が何より先に思ったのは「とるにも足らん」ということであった。起訴状の本旨の主要な一ッは、はじめから的が外れておった。空を斬っていたのである。

私はこの「共謀」の言葉だけでも検事側の負けだと思っていた。彼らが裁判に勝つにしても、歴史的な判定において勝つことがあろうとは考えられない。

なぜなら、この言葉から感じられるのは彼らの「無理」である。この思いがけない言葉を持ち出さないと、伊藤被告の起訴が成り立たないような弱点があった。

是が非でも誰かを罪に落さねばならんというタテマエが感じられるということは、「法律的な可能」以外の点では、起訴側の敗北を意味するものと言えよう。

判決が「共謀」を否定したのは甚だ当然であった。さもなければ、この世の終りだ、と私は思っていたのである。

★

「チャタレイ夫人の恋人」がワイセツ文書であるか、ないか、というようなことは、文学専門家の責任ある証言を信頼すれば足ることであったと思う。我々文士は、自作への自負にかけても、三文小説を立派な文学であると証言するようなことは有りうべからざることである。

あの小説は二十年ぐらい前に、同じ伊藤君の訳で出版されたことがあった。むろん当時の訳本には今問題の部分は削除されているが、性慾を突きつめて正しい生き方を探した新文学として好評を博した。特に伊藤君は、彼自身の文学の問題としてこの作品をとりあげたもので、全くケレンのない沢業であった。当時チャタレイがいかに受け入れられ、いかに論争されたか。純粋に文学的な反響に終始した当時の記録（それは主として今の中堅作家の手になるものだが、彼らは概ね当時は諸種の同人雑誌に属しており、その各々の誌上でなされたものである）に目を通せば、この本が文学的にいかに高く評価されたか、文句ぬきで分ったはずだ。

もとよりチャタレイの中に、色情を刺戟する一部の描写があることは確かである。けれども、検察側のように、作品の文学性とその部分を切り離して扱うべきことを主張するのはムチャである。

作家というものは、自分の作品が誤読されることを何より怖れるものである。しかるに検察側はミーチャン・ハーチャンの誤読の側に立った。そして、作品の文学性や作家の正しい意図と切り離して、その部分のワイセツ性のみが問題だという。

本来の正しい意図が立派に実在するにも拘らずそれには完全に目をふさいでただ部分的に悪い箇所だけ取りだして罪にしようというのは全く悪代官の手口であろう。

この手口でやられると、学問や文化や一切の進歩は考えられなくなってしまう。地動説が世間に混乱を与えるカドで断罪せられるような類いである。

その結果がどうなったかと云えば、二十年前には純粋に文学的な反響に終始して高度のモラルを追求した新文学と評価せられたものが、半数の証人によってはワイセツ文学と称せられるに至った。誤った読み方を教えられ、その案内にしたがって読むためである。

判決によると、この誤った読み方を暗示した責任は書店にあり、この責任は追及されなければならない、とある。その点は私も同感であるが、しかし、この誤った読み方を徹底的に強調して全国に流布したものは、検察側であった。書店の宣伝の比ではない。こういう徹底的なバカらしさは、はじめからこの起訴につきまとっていたのである。

★

私は書店の売り方には、たしかに難があったと思っている。あの本は私も寄贈をうけたが、あの中にはさまっていたアンケートのハガキは好感がもてなかった。ロレンス文学というものは、こうして売るべき性質のものではないのである。実はクソマジメな文学なのである。かつてロレンスを愛読した私にとって、その売り方が妥当でないことは、寄贈の小包をひらいた時から感じたことである。問題は、はじめから、この点だけにあった。これ以外に問題はなかったと私は思う。誇大広告というものは、文明の病気の一ッかも知れないが、文明病の中でもカンバシからぬ悪病の一ッのようだ。

書籍は著作権や翻訳権というものがあるから、同じ物をいくつかの社で同時に売り出して争うことはめったにないが、同じ物を各社で売り出す薬品などの場合は、各社の主たる仕事は、薬品の実質よりも広告ということになり易い。生命に関する貴重品でありながら羊頭狗肉どころか、実効ゼロに類する物が少からぬようである。自由競争が無難の商道とあれば売り方が宣伝に依存するのはやむを得ないが、誇大広告を放任してよいことにはならない。実害ある物に対しては取締るのが当然であろう。それを流布せしめると生命の危険があるとか、人間がただの動物になるかも知れん、とあれば取締るのは当り前さ。チャタレイの場合は、このような「誇大広告」の問題であった、と私は思う。

しかしながら、誇大広告という問題になると、特にチャタレイをとりあげるのが妥当かどうか、これは問題のあるところだ。なぜなら、この起訴の結果がそうであったように、とりあげたために、かえって多数のいらざる人々を誤読の方へかりたてる結果が生じる。本来優秀な文学作品が、そういうことになってしまう。

しかしながら、その怖れがあるために、当然誇大広告として責任を追及さるべきものが、まぬがれて良い、ということはない。

つまり、この起訴の行われる前に、当然有るべき前提が欠けておった、と私は思う。即ち、あらゆる誇大広告が常に公平に取締りをうけていること。それが日常のことであって、次に、チャタレイが誇大広告の故によって起訴される、とあれば、これは問題の起るべきイワレはある筈がない。しかるに、この起訴は、むろん、そういう筋の通ったものではなかった。非常に不明朗なものが多かった。まず第一に、チャタレイの文学性とワイセツな箇所を切り離したこと。これでは「悪」の所在が全然アイマイで分らない。

正しい意図の文学作品で、しかも正しい意図から必然的に現れた描写であっても、それが色情を刺激する場合には取締りの対象となる。彼らがもしもこう自信をもって言いきっているなら、起訴の主旨だけは立っていたと云える。

次に、これは文学論に類するけれども、ロレンスの正しい意図は分るが、これらのワイセツな描写には正しい意図から必然的なものをハミだしたところがある。ここまで描写しなくともよい。したがって、この部分は削除するのが当然だ。——こういうような、明確で自信ある主旨が語られていない。全て自信をもって罪の所在を明確に論断したところがない。明確を欠き自信を欠いているが非常に感情的に鼻っ柱は強いのである。これが起訴状の性格であった。

つまり、この起訴状は、チャタレイの文学性と、部分的な削除というむずかしい問題をはじめから避けようとしている。別にむずかしい問題ではなさそうであるけれども、彼らは過去において、特にこの点につい理論ぬきで過大な取締りを押しつけてきたことがあるので、この問題が表面へでるとワッと総反撃を食らう怖れに怯えたのかも知れない。

なぜなら、起訴状が自ら語っているものは、時代的な、または感情的な何かだけで、歴史すらも彼らを支持するような理性が欠けていたからである。現行法律の可能の中で、是が非でも罪をだそうとあがいている起訴状であった。

チャタレイの本にはさまったアンケートも苦々しいものではあったが、この起訴状はそれに輪をかけて毒々しいものであった。

★

要するに検察側の主旨によると、この本の売り方だけが問題のわけでもないのだ。そして文学性や作者の意図も切り離して、ただ彼らの主観的なワイセツな箇所だけを取りあげたのだから、チャタレイの法廷や判決というものは単に起訴状のアイマイなところを整理するようなものであったと云える。

そして、そのアイマイなところを見事に整理したのが、今度の判決であったといえる。非常によく整理されていた。誰が整理しても、正しい結論はこれだけではないかと思う。

要するに突きつめてみれば広告の仕方に難があったというだけのことだ。それ以外に責任や罪の所在は考えられない事件である。

ただ、整理の最後に残った唯一の問題としては、「罰金廿五万円。これを完納しないときは一日千円の割合で……」という小山被告の判決の軽重にあろうと思われる。

この判決は、被告がこれによって大いにモウケたものとして勘定したような意味が多分にあるように思う。この点は見方がすこしヒネクレているようだ。たとえば、モウケるために一冊の本を二冊にしたというような理窟は妥当を欠くものであろう。二十年前のチャタレイが強いて一冊にまとめたために非常にブザマな出来であるのを知るべきで、現在の購買力と睨み合せても、二冊に分けた厚みの本が適当と判断するのが自然のように思う。

小山書店が過去において、非常に数の少い良心的な出版屋の一ッであったことを見てやるべきで、戦後の闇商人の勢力下で、彼がたまたま一枚のアンケートに足をすべらせた気の毒な立場を察してやるべきである。事実において彼の過去の良心的な業績は明かであり、出版界の責任ある立場の多くの人々がそれを証明しうる筈である。

(「週刊朝日」一九五二年二月三日号)

Ⅱ　推理小説論

推理小説について

探偵小説の愛好者としての立場から、終戦後の二、三の推理小説に就て、感想を述べてみよう。

横溝正史氏の「蝶々殺人事件」は終戦後のみならず、日本における推理小説では最も本格的な秀作で、大阪の犯行を東京の犯行と思わせるトリック、そのトリックを不自然でなく成立せしめる被害者のエキセントリックな性格の創造まことによく構成されておって、このトリックの点では世界的名作と比肩して劣らぬ構成力を示している。

然し、敢てこの名作から三つの欠点をとりだして、一アマチュアの立場から、探偵小説全般の欠点に就て、不満と希望をのべてみたいと思う。

★

第一に、なぞのために人間性を不当にゆがめているということ。

犯人が奪った宝石をトロンボンのチューヴの中に隠しておいて、それを取りだすところを雨宮に見られたのでトッサに殺す。この死体を縄でよじりあげて五階の窓の外につるし、縄のよじれがもどって死体が外れて墜落するまでの時間に、階下へ下りて人々のたまりに顔をだしてアリバイをつくる。

隠した宝石をとりだすだけでも人に見つかる、それほどの危い綱渡りの中で、トッサにこんな手のこんだトリックをする、これが先ず人間性という点から不当なことで、死体を残して慌てて逃げだすのが当然である。

★

第一、これだけ苦心してアリバイをつくっても、五階から落ちた死体が落ちた瞬間に目撃者がなければ、苦心のアリバイもアリバイにならない。そして、すぐ目撃者がある程度に人目のあるところから死体を縄によじって窓の外につるすという緩慢複雑な動作が人目に隠れて行えるものではない。もしまたその仕掛が人にさとられずに行えるほど無人のところなら死体が落ちてもすぐには発見されず、ほど経て発見された際には苦心のアリバイも役に立たず、五階の窓の外に仕掛けた縄を改めて取りこむだけ余計な危険にさらされているに過ぎないのである。

要するに人間性という点からありうべからざるアリバイで、かかる無理を根底として謎が組み立てられている限り、謎ときゲームとして読者の方が謎ときに失敗するのは当然なのである。

★

角田喜久雄氏の「高木家の惨劇」では、吾郎という青年が自分でも何のためにアリバイをつくらねばならぬか知らないほどの漠然たる不安に、殺人犯人でもやらないような芝居がかったアリバイのつくり方、全然人間性というものを無視している。一方、吾郎にこうして三時のアリバイをつくらせる友子が、三時の銃声に吾郎の犯行と思ってピストルを隠す。この実際の犯罪を怖れたから、吾郎にアリバイをつくらせておるのではないか。

やっぱりそうか、よかったとホッとはしても、吾郎の犯罪と思うはずはなく、この小説はピンからキリまで人間性をゆがめ放題にゆがめている。読者に犯人の当るはずはない。

★

第二の欠点は、超人的推理にかたよりすぎて、もっとも平凡なところから犯人が推定しうる手掛りを不当に黙殺していること。

例えば犯人は東京の犯行と見せかけて大阪で犯行を行ったが、そのためには、砂のつまったトランクを大阪のアパートで受取らねばならず、コントラバスケースを盗みだしてアパートへ持ちこみ、また持ちださねばならず、以上の如くアパートを中心に大きな荷物を入れたり出したりしているのである。警察の刑事の捜査だったら、こういう最も平凡な点から手がかりをつかみだすのが当然で、読者の方では無論そうあるべきものと思っているから、刑事がそれをかぎださぬ以上、そんな疑いがないからだ、と思う。

アパートを中心にトランクの出入、コントラバスケースの出入、そんな疑わしい事実がなかったのだと考える。だから読者には大阪の犯行を推定する手掛りが見つからない。

★

だから解決編に至って、由利先生がアパートの砂袋を推理によって推理する。読者はその天才的推理に驚嘆するよりも、なんのことだい、それじゃアモッと平凡に刑事がかぎだしていそうなものじゃないか、もしまた、大きな荷物の出入を刑事にさとられる手掛りなしにやった犯人なら、砂袋をアパートにおくはずはない。アパートのオカミサンなどというものはアパート内の物品が右から左へ動くだけの変化にも鋭敏で、砂袋がふえていれば、すぐ話題になる性質のものなのである。

ここにもまた、作者は人間性をゆがめ、不当に人間性をオモチャにもてあそぶ欠点をもバクロしている。

探偵小説が天才の超人的推理を必要とするのは、犯人がまた天才的で、凡人の発見しうる手掛りを残しておらぬからなのだが「蝶々殺人事件」の場合はそうではなくて、犯人が平凡な手掛りを残しているに拘らず、作者が強いてそれを伏せて、自分の都合のよいように黙殺しておるのである。これでは読者に犯人が当たるはずはあり得ない。

★

第三の欠点はこれに関連しているが、つまり、探偵が犯人を推定する手掛りとして知っている全部のことは、解決編に至らぬ以前に、読者にも全部知らされておらねばならぬ、ということだ。

読者には知らせておかなかったことを手がかりとして、探偵が犯人を推定するなら、この謎ときゲームはゲームとしてフェアじゃない。犯人は読者に当たらぬのが当然で、こういうアンフェアな作品は、作家の方が黒星、ゲームにはならない。

★

横溝氏の「蝶々」の場合のみではなく、世界的な名作と称せられる作品でも、以上三つの欠点のどれもないというものはメッタにない。つまり大概、謎の成功のために人間性をゆがめたり、不当なムリをムリヤリ通しているもので多少のムリは仕方がない、というのは許さるべきではない。不当なムリがあれば、それは作者と作品の黒星なのである。

★

私は探偵小説を謎ときゲームとして愛してきたもので、このような真夏の何もしたくないような時には、推理小説を読むこと、詰碁詰将棋をとくのが何より手ごろだ。そのあげくに、暑気払いのつもりで、私もこの夏、本格推理小説を書きはじめたが、これは趣味からのことで、私自身は探偵小説を謎ときゲームとして愛好しているだけの話、探偵小説は謎ときゲームでなければならぬなどと主張を持っているわけではない。

木々高太郎氏の探偵小説芸術論、これも探偵小説を愛するあまりのことで氏の愛情まことに深情け、あげくに惚れたアノ子を世の常ならざる夢幻の世界へ生かそうという、至情もっともであるが、いささか窮屈やだ。探偵小説はこうでなければならぬなどと肩をはってはいけないもので、謎ときゲーム、芸術の香気、怪奇、ユーモア、なんでもよろしい、元々、探偵小説というものは、読者の方でも娯楽として読むに相違ないものなのだから、本来が、軽く、意気な心のあるものでなければならない。

ドストエフスキーの「罪と罰」を探偵小説と考えてはいけないので、元々文学は人間を描くものだから犯罪も描く。犯罪は探偵小説の専売特許ではない、文学が人間の問題として自ら犯罪にのびるのに比べて、探偵小説は、犯罪というものが人間の好奇心をひく、そういう俗な好奇心との取引から自然に専門的なジャンルに生育したもので、本来好奇心に訴えるたのしいものであるべきで、もとよりそれが同時に芸術であって悪かろう筈のものでもない。

木々氏は芸術と云うけれども、私は別の意味で、文章の練達が欲しいと思う。文学のジャンルの種々ある中で、探偵小説の文章が一般に最も稚拙だ。呪われたる何々とか怖ろしい何々とか、やたらに文章の上で凄がるから読みにくくて仕様がない。そういう凄がり文章を取りのぞくと、たいがいの探偵小説は二分の一ぐらいの長さで充分で、その方がスッキリ読み易くなるように思われる。凄味というものは事実の中に存するのだから、文章はただその事実を的確に表現するために機能を発揮すべきものだ。

その次に、日本の探偵小説は衒学すぎるところがある。ヴァン・ダインの悪影響かと思うが、死んだ小栗虫太郎氏などとなると、探偵小説本来の素材が貧困で、それを衒学でごまかす、こういう衒学は知性のあべこべのもので、実際は文化的貧困を表明しているものなのである。世間一般にあることだが、独学者に限って語学の知識をひけらかしたがるが、語学などは全然学問でも知識でもなく、語学を通して読まれたテキストの内容だけが学問なのだが、一般に探偵小説界は、まだ知識の語学時代に見うけられる。

法医学上のことなども、衒学的にふりかざされており、別にそうまで専門的なことを書く必要もないところで法医学知識をふりまわす。そのくせ重大なところで、実は法医学上の無智をバクロするというような欠点もある。

たとえば、恐怖を顔に表して死んでおった、などとあるが死顔に恐怖が現れても死ぬ瞬間の恐怖などとは関係のないことで、たのしい心中でも死顔は苦悶にゆがむ。恐怖の死でも、死後の肉体の条件で幸福な顔付になるかも知れず、そんなものが犯罪捜査の手がかりになったとしたら、この探偵は大概失敗するにきまっていると私は考えるが、然し案外大マジメに日本の探偵小説にはこんなところが現れてくる。

犯罪の捜査上、どうしてもそれだけの法医学上、又は他の学問上の専門知識が必要だという絶対の要請のあるところでだけ、正確な専門知識の裏づけを欠かないように心がけるべきものではないかと思われる。

★

日本の探偵小説の欠点の一つは殺し方の複雑さを狙いすぎることだろう。

兇器を仕掛けて歯車だの糸だの利用して、自然に仕掛から兇器が外れて殺人を完成するというような、こういうことを考える作者はこれを完全犯罪の要素だと考えているのかも知れないが、私はあべこべだと思う。

こういう仕掛というものは相対的な条件が必要で、被害者の位置が定まっているとか、何時何分に被害者がその位置にあるとか、その一致というものはプロバビリティの低いものが大多数で、これが外れれば一気にシッポをだす。完全犯罪どころか大不完全犯罪で、失敗の率が高いし、失敗したら、それまでではないか。

こんな仕掛にたよるのは危険で、だいたいこれらの仕掛がうまく行っても即死は不可能、カタワになるとか、急所を外れて生き返るとか、その程度まで行けば上乗という性質の仕掛が多いのである。

そんな仕掛にたよるよりも、短刀でグサリと突きさす方が確実である、ピストル、毒薬、直接、自ら手を下してジカに殺す方が間違いの少いのは明かだ。それにも拘らず、なぜ仕掛をする必要があるか、その最大の理由は、アリバイのためだ。

だからアリバイさえ他に巧みに作りうるなら、外れる危険の多い仕掛などはやらぬに限る。問題はアリバイの作り方の方にある。

この根本が忘れられて、完全犯罪といえば、すぐ仕掛け、やたらに仕掛けを考える。いくら考えても直接グサリとやるよりも失敗率のすくない仕掛などは殆どない。なぜなら被害者は生きた人間で、時間通りにチョッキリきまった場所にさしかかるような機械と違う。そんな偶然をあてこむ仕掛よりもアリバイの作り方に重点をおく方が実際は「有りうること」でありつまり読者を納得させるものなのである。

懸賞探偵小説というと、たいがいこの殺しの仕掛、次に殺した後に自然に鍵のかかる仕掛がでてくるのだが、果してその仕掛で殺せるか、殺せるとしてもそのプロバビリティがどのくらい高いものか、そういうところは徹底的に批判して、作者自身がこの程度でなんとかなろう、というような安易な気持で書いておいたとしたら、トコトンまで追求して、その不埒な安易さをギュウギュウ油をしぼってやらねばならない。こういうところが日本の探偵小説の今後の発展のために最も重大なことで、この根本に確実なリアリテを欠いていたなら、その作品は完全落第なのである。

小栗虫太郎氏の作品などは、仕掛の確実さを追求したらまことに怪しいオソマツなものばかりで、その安易な骨組をごまかすために衒学の煙幕をはったもの、こういう手法は最も非知的な児童的カラクリでかかる欠点は大いに追求されねばならぬ性質のものであった。

今までの日本は、容疑者がすぐひっぱられる、自白だけで起訴される、全然探偵小説のできあがる条件がなかったのだが、こんどは物的証拠がなければ起訴し得ず、本人の自白だけではどうすることもできなくなって新憲法は探偵小説の革命的発展を約束づけているようなものだ。

以上の私の感想は、探偵小説を謎ときゲームとして愛好する一趣味家が、その趣味上からの感想をのべたにすぎないもので一アマチュアの感想にすぎない。

謎ときゲームとしての推理小説は、探偵が解決の手がかりとする諸条件を全部、読者にも知らせてなければならぬこと、謎を複雑ならしめるために人間性を納得させ得ないムリをしてはならないこと、これが根本ルールである。

（「東京新聞」一九四七年八月二十五日・二十六日）

私の探偵小説

私は探偵小説が好きなのである。

私は仕事に疲れ、二三十分ごろりとねころんで休憩するとき、詰碁か詰将棋か探偵小説を読む。探偵小説の在り方はそれでいいのだろうと思う。探偵小説を書いている人たちは自分が苦労して書いているから芸術品のように尊重されたいと考える。その気持もうなずけるが、そんな風に言う必要のないことだと私は思っているのである。

私の小説、いわゆる純文学などと称しているものでもそうだ。たとえば仕事に疲れた人がゴロリとねころんで、二三十分の休息によむ。詰碁や詰将棋と同じ休息用のオモチャとして読む。それでいいではないか。色々な人々に、その人各々の様式で読まれたり受け入れられたり投げだされたりする。

純文学だから娯楽用に読んじゃいけないという規約があるわけのものではない。読む人の自由であり、そこでたとえば私が自分が好きだものだからオレも一つ探偵小説を書いてみようか、というように、休息用に純文学を読んで純文学の面白さや問題の在り方に会得するところのあった御仁がオレも一つ純文学を書いてみよう、そう思ってツレヅレに書きだす、そんな風にして純文学を書いてみようという人が現れても、私はそれもよろしいと考える。一つの極った型はない。人各々自分流に色々の方法様式があるもの、流儀だの流派、主義だのと、いたずらに窮屈な限定をつけるのは最もその道をあやまり易いものなのである。

私の探偵小説は、私の趣味で、私もずいぶん疲れたとき退屈なとき探偵小説のゴヤッカイになり、恩も深いが、又、探偵小説にも本当に終りまでたのしませてくれる名作がめったにない、自分に及ぶものなら、ひとつ自分で名作を書いて同好の士の退屈のひとときにたのしいオクリモノをしてみたい、そう考えているうち、暇々に自分で構想をねってみて、これなら同好の士に馬鹿馬鹿しいとかツマラナイとか思われないだけのオクリモノになるだろうと考えて「不連続殺人事件」を書きだしたのである。

これは元来「宝石」へ載せる約束のものであったが、今年の春から用紙割当で雑誌が減ページとなり、一冊の雑誌にいくつの作品ものせられなくなった。そこで数に限りの探偵雑誌に、素人の私がわりこんで連載小説など書いては、探偵雑誌にしか作品を売ることのない専門作家の人たちのスペースをとり、好ましいことじゃないと思ったから、どっちみち私が書かねばならぬ方面の純文学雑誌に載せることにしたのであった。私はこれを私の一存でやったから、あとで「宝石」の編輯の人たちに大変恨まれることになったが、私の微意を察して御カンベンねがいたい。

そこで、私に、代りの探偵小説をと「宝石」から強硬ダンパンで、私もつらいところであるが、探偵小説は私の趣味で、趣味というものは暇々ツレヅレにたのしみながらユックリと、自らタンノウしてやる世界だ。それに探偵小説というものは構想、トリック、よくよく行きとどいて算術式にメンミツにまとめておいてからやらねばならぬもの、この算式に狂いがあっては、せっかく同好の士へのプレゼントが端物になって、オソマツ、何にもならない。

だから一年にひとつとか、二年にひとつとか、本当にツレヅレが自然に生んでくれるまで書かないのが当然で、私のようにその趣味をもつ者にとっては、自らツレヅレに新たな構想、トリックが浮んでくるのが自然なのだから、そういう自然の状態まで待っていただきたいと思う。いつ書くか分らないけれども、今度書く私の推理小説は必ず「宝石」へ連載することを読者にもお約束しておきます。

そのときは、必ず新しいトリック、新しい色々な手法をととのえて読者に挑戦する考えで、私の推理小説はあくまでゲームをプレゼントする心構えのものだから、私は一生、私の推理小説には、私自身から犯人当てっこの賞金を賭けて、読者にゲームをたのしんで貰うつもりでいる。

まったく私にとっては探偵小説ぐらい息ぬきになるオモチャはないから、読者もそういうものだという風に仮定しているだけの話、実際、探偵小説は最も高級なオモチャの一つだろうと私は考えている。

（「宝石」一九四八年一月号）

探偵小説とは

推理小説というものは、文学よりも、パズルの要素が多い。

制作の方法から見ても、一般の文学と推理小説では根柢から違っている。

一般に小説というものは、執筆に先立って、構想せられた一応の筋はあるけれども、書きすすむうちに、かねての構想をみだして作中人物が勝手な行動を起し、おのずから展開発展して行くところに、文学の創作という意味もあるのであろう。予定の構想通りに書ききれたり割りきれてしまっては、創造という作業は行われない。なぜなら、文学は、自我の発見であり、常に予定をハミ出して、おのずからの生成展開が行われることによって、自我の発見とか創造というものが行われ得るのである。

推理小説は、こうは行かない。

犯人は誰で、如何なる理由によって、如何にして殺人を犯し、如何にアリバイをつくっておいたか、小説の最後に於て解き明かされる事柄が、構想の最初に於て、明確に、予定せられておらなければならず、執筆の途中で、作中人物が構想をハミだして勝手なことを始めたのでは、おさまりがつかない。

つまり、実際に犯罪がすでに行われ、そこにヌキサシならぬ犯人がなければならぬタテマエなものを、執筆の途中から、犯人がスリ代っては、話にならない。予定をハミだすことのできない性質のものだ。

だから、推理小説の原則は、文学よりも、パズルで、パズルとしてメンミツに計量され、構想された上で、それをヒックリ返して、書きすすめて行くものである。

日本には、今まで、一口に探偵小説と称しても、主として怪奇小説であり、推理小説というものは殆ど行われていなかった。

だいたい推理というものは、論理的な民族に愛好される性質のもので、日本古来の文化教養には論理性が不足していたから、推理小説も発達する地盤がなかったのかも知れない。

一方に又、推理小説は職業化すると書けなくなるという性質がある。なぜなら、パズルというものがマンネリズムになっては、パズルの魅力を失うから常に新手をあみださなければならぬ。

　ところが、パズルの新手は、すべての独創と同様に、自分の既成の視角を切りくずして、新角度を見出すところから始まるという性質のものであるから、一生涯に無限にあみだされるというものではない。まれにアガサ・クリスティのような、一作ごとに新手を用い、多作しながら変化をつづける天才的な作家もありうるけれども、一般の作家は、こうは行かない。職業化して多作を強いられると、勢い推理小説以外の怪奇小説とか、スリル小説、ユーモア探偵というようなもので、お茶を濁すということになる。

　江戸川乱歩氏などは、日本の探偵作家に稀れな論理的な頭脳を持った作家で、彼の探偵小説批評、本陣殺人事件の批判などを見るとその資質を充分うかがい得るのであるが、そして又、彼の探偵作家としての初期の作品は極めて独創的な推理小説から出発しているのであるが、職業作家として多作を強いられて後は、怪奇小説に走らざるを得なくなった。

　もっとも、キングとか富士という大衆雑誌の読者にとっては、推理小説はうけいれられない。勢い怪奇小説になる。これは一つは編集者の責任だ。日本在来の娯楽雑誌の編集者は、推理小説を愛好するだけの趣味のひろさ、教養の高さがなかったのだ。元来、推理小説は、高度のパズルの遊戯であるから、各方面の最高の知識人に理知的な高級娯楽として愛好されるのが自然であって、最も高級な読者のあるべき性質のものであるが、日本に於ては、推理小説でなく、怪奇小説であったために、探偵小説の読者は極めて幼稚低俗であったのである。

日本の文学者は今まで探偵小説とは怪奇小説と考え、食わず嫌いの傾向であったが、推理小説というものを知ったら、面白がるに相違ない。なぜなら、彼らは大概、碁か将棋かが好きであるが、推理小説は、碁や将棋よりも軽快で複雑なゲームの妙味があるからである。藤沢桓夫氏など詰将棋に工夫を凝らすぐらいなら、大いに推理小説に工夫を凝らして貰いたいと私は思う。

★

推理小説は職業化するとダメになり易い性質のものであるから、年来の愛好家が、愛好のあげくに、新工夫を凝らして戯作するにふさわしいものだ。探偵作家は、たいがいモトをただせば愛好のあげくの余技から始まるものであるが、名作を発表する、次々と多作を強いられて、職業作家となると、マンネリズムにおちいって、駄作を濫発するようになる。

多作して駄作を作らぬ方法として、私は探偵作家に合作をすすめたい。

外国には二人、三人合作して一人名前の探偵作家はかなり存在するのであるが、日本にはまだ現れないようである。

推理小説ぐらい、合作に適したものはないのである。なぜなら、根がパズルであるから、三人よれば文殊の智恵という奴で、一人だと視角が限定されるのを、合作では、それが防げる。智恵を持ち寄ってパズルの高層建築を骨組堅く組み上げて行く。

十人二十人となっては船頭多くして船山に登る、という怖れになるが、五人ぐらいまでの合作は巧く行くと私は思う。

日本にも、職業作家の合作は雑誌社で試みることがあったが、職業作家が自分の仕事片手間にやってはロクな智恵が集まるはずがなく、結局、一人の智恵にまかせることになるか、連鎖作品というような愚にもつかないものになってしまう。

まだ素人の、純粋の愛好家が、夫婦でやるとか友達同志智恵を持ちよるとか、つまり好きのあげくにやみがたい興味と情熱をもって、智恵を合せてパズルを組みたてる。最も家庭的な手工業品、いわば合作の工芸品、制作自体が、家庭娯楽というものだ。色々と職業の違う人が集まって合作するのも面白かろう。筆の立つ人が一人いることも必要だ。合作は、多作しても、智恵の持ちよりで、種のつきることも少いに相違ない。十年二十年、口をぬぐって、架空の一人の作家を、こしらえあげて、すましている。これまた、妙ではないか。

雑誌記者も、作家の自然発生を待たずに、自分の手で、合作作家を組み立てて育てるのも、一つの方法であろう。各々違う職業の男女両性とりそろえ、三人から五人ぐらいのコンビが適当に思われる。

合作に適する文学作品は、推理小説と、映画のシナリオ。但し、合作の条件として、推理小説への愛好が甚しいこと、友情がキンミツなること。だから大方の愛好者で、恋人同志どちらも推理小説の大ファンというような方は、さっそく、試みられて然るべし。ために愛情も亦、大いに細やかとなろうというものである。

推理小説は本来がそんな風にして作られるのが一番似合っているのだ。文学だの芸術などと力むところのない、軽快な、小憎らしいゲームなのである。つまり百パーセント、理知的な娯楽品なのである。

（「明暗」第二号　一九四八年二月）

探偵小説を截る

私は探偵小説をよむと、みんな同じ書き方をしているので、まずウンザリする。洋の東西を問わず、本格推理小説となると、みんな形式が同一である。

先ず第一に名探偵が現れる。この名探偵がいかにも思い入れよろしく、超人的にピタリピタリとおやりになる。すると、対照的にトンマな警部とか、探偵とかが現れて、この御両人の角《つの》突き合いが小説の半分ぐらい占めているというアンバイである。

私は探偵小説の歴史などには疎いが、私のよんだ範囲では、だいたい、この形式はガボリオーで完成しているようである。その探偵はタバレ先生の弟子ルコックでありトンマ探偵は、時になんとか警部であり、時に巴里《パリ》名題《なだい》の探偵というグアイである。ルコック探偵には、商売仇《がたき》きのボンクラ探偵の登場が絶対に必要なものがあり、それによってルコックの修業時代が表現されているのであるが、その他の亜流の作品には必然性というものはない。いつか形式ができ、その馬鹿の一つ覚えというほかに一切の取り柄がないのである。

ヴァン・ダインとなると、この形式の臭気は、まったく鼻持ちならなくなる。フィロ・ヴァンスなる迷探偵が何かにつけて低脳そのものの智者ぶりを発揮する。まったく、ここまで超人的明察となると、これは低脳と云わざるを得ない。作者の頭の悪るさの証拠である。つまり、智能の限界を知らないのである。

これに配するボンクラ刑事は、マーカムという検事、ヒューズ警部、御ていねいに二人まで登場して、読者には判りきったマヌケぶりを、くりかえし、くりかえす。このバカ問答がヴァン・ダインの探偵小説のほぼ三分の二を占めている。

この低脳ぶり、無能無策の頭の悪さに立腹するどころか、これぞ探偵小説の本道などとズイキしてお手本にしているのが小栗虫太郎はじめ日本の探偵小説家であるから、みんな三分の二はムダなことを得々と書いていられる。

私が先般、探偵小説の型に合わない、形式も知らずに探偵小説を書くとは怪《け》しからん、という投書があったが、いかに日本人というものが猿智恵で、与えられたものを鵜のみにするしか能がないか、この投書のみならず在来の探偵小説がそれを証明しており、洋学移入可能の智能原始状態は探偵小説をもって第一人者となす。ヴァン・ダインだ、クイーン、カー、クリスチーだ、クロフツだ、フィルポッツだ、シメノンだ、といって、いったい芸術の独創性というものは、どこへ忘れているのやら。

まだしも、他の芸ごと、たとえば、他の文学とか、音楽、絵画には、それぞれ、個性とか独創を尊び、形式やマンネリズムを打破することに主点がおかれているものだ。探偵小説ときてはアベコベで、先人の型に似せることを第一義としている。お手本がなければ、どうにもならず、お手本のクダラナサを疑ることなど毛筋ほどもないのである。

私は本格探偵小説が知識人にうけいれられぬ原因の最大のものは、その形式のマンネリズムにあると信ずる。つまり一方にマカ不思議な超人的迷探偵が思い入れよろしく低脳ぶりを発揮し、一方にそれと対してあまりにもナンセンスなバカ探偵が現れて、わかりきったクダラヌ問答をくりかえす。とても読めるものじゃない。

ガボリオーの創始した型を三人四人模倣したら、たいがい作者も読者もウンザリしそうなものだが、それから何十年、洋の東西を問わず何千何万の探偵小説家がみんな同じ型をふむばかりか、それだけが探偵小説の本道だという思いこみ方で、他の芸ごとに比して、探偵小説がいかに幼稚な、無知性的な状態に安住しているかということがわかる。

描写や表現の形式に於て、かくの如くに幼稚であるということは、要するにトリックに於ても幼稚であることを意味している。つまり、合理性を欠いているのだ。しかも当の作者は合理性を欠いていることに気付かず、あべこべに、ウヌボレをもち、不合理のトリックが不合理の故に正しい解答を得られぬことをさとらず、わが頭脳優秀の故に読者に犯人がわからないと考える。

物理学だの数学だの生物学だのと、一般人に通じない知識をひけらかしても何にもならないものだ。物理学は物理学の専門家に向って価値を問うべきもの、探偵小説は物理学の応用などで値打をますべき性質のものではない。これだけの幼稚な理窟も理解せられていない探偵小説界の知性の貧困というものは言語道断と申さねばならぬ。

犯罪という人間心理の秘奥について物語を作りながら、くだらぬ学術をふりまくばかりで、人間そのものについて、何ら誠実な勉強も行われていない。ただもう、自分の小説に都合よく、デクノボーみたいに、あっちへ曲げこっちへヒン向け、有りうべからざる人間心理をデッチあげて、平然たるものである。探偵作家の人間に対する無智モーマイ、それが即ち、探偵作家の根柢的な無批判性の当然の帰結でもあり、批判力があるならば、第一に、百年一日の如くクダラヌ形式を鵜のみに物語をデッチあげて済ましておられる筈もなく、デクノボーのような人間をこしらえあげて済ましていられる筈もない。

探偵作家はもっと人間を知らねばならぬ。いやしくも犯罪を扱う以上、何をおいても、第一に人間性についてその秘奥を見つめ、特に人間の個性について、ただ一つしかなく、然し合理的でなければならぬ個性について、作家的、文学的、洞察と造型力がなければならぬものである。個性は常に一つしかない。然し、どの個性も、どの人も、個性的であると共に合理的でなければならぬ。いかなる変質者も狂人も、合理的でなければならぬ。

人間性には、物理や数学のような公理や算式はない。それだけに、あらゆる可能性から、合理性をもとめることには、さらに天分が必要なのである。人間の合理性をもとめるための洞察力をもたないことは、作家たる天分に欠けることで、これを公理や算式で判定できないだけ実はその道が険しいのだが、現下の探偵小説界は、洋の東西を問わず、実はアベコベに、公理や算式がないことを利用して、勝手なデタラメをかき、クダラヌ不合理をデッチあげて、同じ穴の狸が、馴れ合って、埒もないものをヤンヤと云っているだけなのである。

もう一つ、私がうけとった投書の一つに（この投書の主は自ら探偵作家と書いてある）私の「不連続殺人事件」に、あれだけの有名人の大犯罪に署長も検事も判事も現れず、新聞記者も現れないとは、とあるが、こういうクダラヌ現実模写がレアリズムの正道だと思っているから、くだらぬ模写に紙数の大半を費して、物語の本筋についての検討がオロソカになるのである。

署長がきた、予審判検事がきた、新聞記者がきた、そんな本筋の外側のものなど一々アイサツしておっては、文学という芸術にはならない。何を書くべきか、フィクションとは何ぞや、それぐらいの小説作法入門ぐらいは心得ていなければならぬ。然し、日本だけではない。西洋に於ても、探偵小説作家は幼稚でありすぎるようだ。

（「黒猫」一九四八年七月号）

「刺青殺人事件」を評す

刺青殺人事件は、すぐ犯人が分ってしまう。それを、いかにも難解な事件らしく、こねまわしているから、後半が読みづらい。三分の二が解決篇みたいなもので、その冗漫が、つらい。将棋をやって、犯人をテストするなど、バカバカしくて、堪えがたいものがある。解決篇の長さは、十分の一、或いは、それ以下の短かさで、まに合い、そして、短くすることによって、より良くなるのである。

いったいに、小説というものは、短くすると、たいがい良くなる。文章が本来そういうもので、作者は何か言い足りないような気持でゴタゴタ書きたいものだけれども、文章は本来いくら書いても言い足りないもので、むしろズバリと一言で言ってのけ、余分のところをケズリ取ってしまう方が、却って言い足り、スッキリするものだ。

文章専門の文学青年でも、文章をこなすには時間がかかるもので、探偵小説界の文章と縁のない新人に文章のことを云うのは酷であるが、これも読み物なのだから、一応文章を心得る必要がある。然し、外国でも、探偵作家は文章がヘタだ。ヴァン・ダインの文章など、ヘタすぎて、読むに堪えないものである。

日本では、横溝君が、トリックの構成、文章ともに、頭抜けており、外国の探偵作家と並んでヒケをとらない充分の力量をそなえている。江戸川君ら、探偵小説界は外国礼讃であるが、外国の探偵小説で、乱作して読ませる作家は、クリスティ、クイーンぐらいで、あとはもう、バカらしくて読むに堪えないものばかり。先日、カーを読んでいったい、江戸川君は、なんだって、こんなツジツマの合わない非論理的な頭脳をほめるのか、呆れたものだ。その点、横溝君は、蝶々、獄門島、その他、どの長篇を読んでも、読ませもするし、破綻も少く、外国にも、これだけの本格探偵作家は、めったに見当らないものなのである。

刺青殺人事件は、江戸川君の批評は全然ダメ、あの批評の完全なる反対が正しく、江戸川君の良いといってるところが悪く、悪いといってるところが良い。前半がよくて、後半は落第である。

なぜ密室にする必要があったか。密室にするには、トリックを仕掛けるに、時間を要し、その室に通暁することを要し、犯人がその家の住人であることを、ほぼ確定させてしまう。犯人を却って分らせるばかりで、必然性がなく、ナンセンスである。

女から包みを渡され、女が殺され、包みをひらいて刺青した三人の写真が現れた時には、もう犯人は分ってしまう。このトリックはあまり幼稚すぎる。見ず知らずの人間に包みを渡すということには、そこにトリックがあること歴然たるもので、姉と妹は、刺青が、腕の半分まである姉、その下の方まである妹、被害者のからだは刺青の部分がきりとられて、残された腕によって被害者が妹では有り得ない。さすれば、包みを渡した意味はそこにあり、トリックがそこにあって、つまり、被害者を姉に見せかけて、実は妹だということが直ちに判明するのである。

あとは蛇足で、それを、もったいぶって書いているから、尚、やりきれないものがある。この犯罪が実際に行われれば、名探偵が登場する必要はなく、日本の刑事はすぐ謎を解くにきまっていますよ。いわんや将棋などやる必要は毛頭ない。

日本の探偵作家（外国の作家も）たちはやたらと作中に刑事をボンクラに仕立てて名探偵を登場させるが、帝銀事件の如く、実際の犯罪は、偶然に行われるから、却々《なかなか》犯人がつかまらないのは当然で、これは刑事の頭が悪いのでもなく、近代捜査法を知らないのでもなく、偶然だから、つかまらないのだ。動機もハッキリしなければ、登場人物も、日本人全部の中から探さざるを得ないのだから、益々つかまらない。刺青殺人事件のようなトリックなら、日本の刑事はすぐ見破るにきまっている。

然し、この作者は、すぐ見破られるトリックをつかっているから、そこが良いところだとも云える。つまりケレンがないのだ。論理性はあるのだ。やたらと不可能不可解の奇術を弄していない。ただ、トリックの組み立て方が幼稚だったのである。

たとえば、見ず知らずの人に包みを渡すというあの不自然さが、そもそも、このトリックを幼稚にしており、ハハア、これはクサイ、ここにトリックの鍵があるな、とすぐ思わせる。

姉と妹の刺青の腕の部分が違うということを、もっと、自然な、さりげない方法で読者に示す工夫が、この小説のヤマなのである。この作者はそこに工夫が足りなかった。そこのところを巧みに提出することに成功すれば、このトリックも、かなり成功するのである。

その写真を被害者の兄に見せると、ビックリ顔色を変える、あそこも、まずい。あそこで、ハッキリしすぎてしまう。こういう際には、写真を見ないうちに、兄を殺させる方がよろしく、すべてトリックは、そういう工夫に細心の注意を要する。

元々探偵小説のトリックというものは、根は、それだけの、ハッキリした、分りきったものだ。それを裏がえしにして、さりげなく、分らないように、色々と術を弄し策をほどこして、読者に提出して行く、その提出の仕方に、工夫が要るのである。

この作者は、よいトリックをもち、性本来ケレンがなく、論理的な頭を持っているのだが、つまり、読者に提出して行く工夫に、策が足りなかった。そして、文章もまずい。まずいけれども、さのみ不快を与えるほどの文章でもないから、これから筆になれれば、これで役に立つだけの文章力はある。大切なことは、トリックを裏がえしにして、読者に提出して行く場合の工夫に重々細心の注意を払うことを知ることである。

私は、この作者は、未来があると思っている。ケレンがなく、頭脳が論理的だからである。以後は、横溝君に弟子入りして、テクニックを学ばれるがよい。他の探偵作家はダメである。君の師とするに足る人はいない。みんな頭が論理性を欠いているから、本格探偵小説は書ける筈のない方々だ。

横溝君のも一つ偉いのは、くだらぬ衒学性のないことだ。文章も益々うまくなっている。月刊読売の「ビックリ箱殺人事件」などという珍妙なファルスでも、あれだけの筆力があれば大したもの、獄門島の筆力も次第に冴えている。

角田君も、あの奇術性に、もっと正確な必然性をもたせ、謎の全部をもッとハッキリ読者に提出して、それで読者とゲームを争えるだけの構成の逞しさがあると、いいのだが、やっぱり多作せざるを得ないから構成がぐらつき、奇術にたよって、ごまかしてしまうのだろうと思う。

言いもらしたが、近ごろの横溝君には、作中人物に性格がでてきた。これは探偵作家に例の少いことで、外国にも、あんまりない。蝶々や獄門島ぐらいになると、外国の探偵小説を読むよりも却って楽しく、安心して読め、彼はもう世界的な一流探偵作家だと私は思っているのである。

「古墳殺人事件」

これは、ひどすぎるよ。私にこれを読めという、宝石の記者は、まさに、こんなものを人に読ませるなんて、罪悪、犯罪ですよ。罰金をよこしなさい。罰金をよこさないと訴えるよ。

僕ら、小説を書いていて、自分の言葉でない、人の借り物を一行も書くと、それが気がかりで、そこの頁をひらくことも出来ず、思いだすたび、赤面逆上、大混乱、死にたくなってしまうものだ。

古墳殺人の作者ときては、これは文章から人物の配置から、何から何まで、ヴァン・ダインの借り物じゃないか。ヴァン・ダインの頭の悪さを、更に借り物にして、いったいこのバケモノは何だろう。

日本人が、こんなヘンテコな言葉で喋っていますかね。日本の刑事に、こんなヘンテコな言葉づかいの、歯のうくようなキザなのがいますかね。

シチュエーションからトリックから、バカラシサ、あの愚劣な出来そこないの衒学性で、みんなヴァン・ダインの借り物で、これで一人前の作家で通用する日本の探偵小説界は、なんとまア、悲しく、貧しい雑草園でしょうか。下の下の下だ。私は、読みながら、読んでる私が、羞《はずか》しくて、赤面して、羞しさにキャッと叫んで、逃げて走りたくなるのだ。なんという、ひどい、貧しいあさましい小説でしょうか。

どうか、助けて下さい。読者に、こんな羞しい思いをさせないで下さい。私は、赤面するために探偵小説を読んでるのではないのです。

どんなにまずしくとも、自分の言葉で、物語をつくって下さい。どうか、たのみます。

そして先輩の探偵小説作家も、シッカリして下さい。これは先輩の罪です。こんな新人が現れるのも、先輩が、それだけでしかない証拠ではないでしょうか。

私は探偵小説の新人に申上げるが、本格探偵小説を書くなら、ただ、横溝君のものだけを学びなさい。あとは、とるにも足りません。そして、衒学は、やめなさい。頭脳は、あくまで、論理的でなければなりません。

（「宝石」一九四九年一月号）

推理小説論

日本の探偵作家の間に、探偵小説芸術論という一風潮があって、ドストエフスキーは探偵小説だというような説があるが、こういうのを暴論と称する。

すべて、すぐれた文学は人間をトコトンまで突きつめていくものだから、犯罪、それから、戦争、という大きな崖に突きあがってしまう。これは当然の成行で、犯罪や戦争は人間の追求から必然的に到達するものであり、決して犯罪は探偵小説の専売ではない。又、犯罪を取り扱うに当って、それが人間追求の手段としてであっても、読者の興をひくために探偵趣味をそそるような展開法を用いるのも、文学本来の技巧であって、バルザックやドストエフスキーはこういう手法の名手でもあった。谷崎、芥川、佐藤春夫なども、小型ではあるが、この技法を縦横に使いこなしている。だいたい小説に於て「おあとは如何になりゆくか」ということ自体が探偵的なものであって、大小説家はこの技法を天分的に身につけているものであるから、探偵小説専門家よりも本質的に、探偵小説的技法の骨子を会得しているのが当然なのである。

推理小説というものは推理をたのしむ小説で、芸術などと無縁である方がむしろ上質品だ。これは高級娯楽の一つで、パズルを解くゲームであり、作者と読者の智恵くらべでもあって、ほかに余念のないものだ。

しかし、日本には、探偵小説はあったが、推理小説は殆どなかった。小栗虫太郎などはヴァン・ダインの一番悪い部分の模倣に専一であって、浜尾四郎や甲賀三郎の作品も、謎解きをゲームとして争う場合の推理やトリックの確実さがない。終戦前の探偵文壇は怪奇趣味で、この傾向は今日も残り、推理小説はすくないのである。

近代文学ではヴォルテールの「ザジッグ」などが素人探偵のハシリかも知れないが、ザジッグが探偵眼を働かせると女房の間男を発見するていのニヒリズムの産物で、探偵小説ではない。

探偵小説の祖はポオだが、ドイルのホームズ探偵までは、推理小説の初期である。ドイルまでの世界は今日の日本では、捕物帖に移植されている。捕物帖には指紋や科学的な鑑識は現れないが、推理やトリックの手法はドイルで、ドイルは捕物帖の祖であり、推理小説よりも捕物帖的である。

今日の推理小説の形式は、ガボリオのルコック探偵から始まっている。これが「黄色い部屋」のルレタビーユに発展して、推理小説の現代式の骨格やトリックの在り方は、ほぼ確定したようである。しかし「黄色い部屋」には新奇のトリックを狙いすぎて不合理があり、確実さや合理性に於てはルコックよりも退歩していると見てよい。これからあとは現代である。

「黄色い部屋」は密室殺人の元祖でもある。このトリックは簡単ではあるが、それだけ現実的でもあって、犯人は犯行が発見されたとき、鍵のかけられた密室の現場にいたのである。扉があけられたとき、扉の裏側にブラ下って隠れ、やがて見物人がきたとき、自分もその一人のフリをして、室内に現れていたのである。

密室はヴァン・ダインによって、糸を利用した工夫や、蓄音機を利用した工夫や、兇器を仕掛によって自然に室外に隠す工夫や、手を代え品を代えてトリックが施され、これは今日では常識となり、特に日本では濫用されすぎているようである。だいたい推理小説というものは、トリックの新発明が主要な課題となり、これによって読者と智恵くらべをするものだ。読者は、又、作者と智恵くらべをたのしむに当って、従来のトリックを多く知るほど興味が深まるものであり、こうして従来のトリックをマスターしたアゲクには、自分もひとつ推理小説を書いて未知の友に挑戦したいと考える。これが推理作家の生れる自然の順序で、本来アマチュア、愛好家という素人によって新分野のひらかれるべき世界だ。

推理小説というものは、常に新しい工夫、新トリックの発見によって挑戦するところに妙味があるのだから、そうヒョイヒョイと卵を生むようなワケには行かず、厳密な意味では職業作家としては成り立たないのが自然なのである。濫作して、マンネリズムにおちいっては、ゲームの妙味が失せてしまう。

ヴァン・ダインも、愛好家から、挑戦を思いたって自ら作品を書くようになったもので、アマチュアあがりらしく挑戦をたのしんでいる素人のよさや、ついでに衒学をひけらかして読者を煙にまいている稚気のほども面白くはあるが、素人の悲しさに文章がヘタで冗漫すぎること、したがって、衒学ぶりが軽快さを失って、作品を重くし、退屈にしていること、素人の良さ悪さが差引きマイナスになっている。このマイナスのところを主として模倣して、重さ退屈さに輪をかけてしまったのが小栗虫太郎であり、これが後日の日本の推理小説の新人に主たる悪影響を及ぼしているのである。

しかし、根からの推理作家という天分にめぐまれた人もないことはない。どんなに濫作しても、謎ときのゲームに堪えうるだけの工夫と確実さを失わないという作家である。アガサ・クリスチー女史とエラリイ・クイーンが、そうである。

クリスチー女史の華麗多彩な天分に至っては、驚嘆のほかはない。あれほどの濫作をして、一作毎に工夫があり、トリックにマンネリズムが殆どなく、常に軽快な転身は驚くばかりである。文章も軽快、簡潔であって、謎ときゲームの妙味に終始し、その解決に当って、不合理によって読者を失望させることが、先ず、すくない。ただクリスチー女史には、優雅な美人は絶対に犯人にならないという女らしい癖があって、この癖が分ると、謎ときがよほど楽になるのである。

一般に「アクロイド殺し」をもって代表させているが、却々《なかなか》もって一作二作で片づけられるようなボンクラではなく、「スタイルズ荘」「三幕の悲劇」その他傑作は無数であるが、特に「吹雪の山荘」は意表をつくトリックによって、軽妙、抜群の発明品であり、推理小説のトリックに新天地をひらいたものとして、必読をおすすめしたい。

「吹雪の山荘」のトリックほど平凡なものはない。現実に最もありうることで、奇も変もないのであるが、恐らく全ての読者がトリックを見のがしてしまうのである。読者は解決に至って、あまりにも当然さにアッと驚き、あまりにも合理性の確実さに舌をまいて呆れはてるであろう。しかし、読みすすんで行くうちは、この悠々と露出しているトリックに、どうしても気附くことができないのである。このトリックの在り方は、推理作家が最大のお手本とすべきものであろう。

クイーンも亦、クリスチー女史につぐ天才であり、筆も軽く、謎ときゲームの妙味に終始し、濫作しつつ、駄作のすくない才人であるが、トリックや推理の確実性、合理性という点で、クリスチー女史に一歩をゆずる。読者に決定的な証拠を与えていない場合が多く、組み立てに確実さが不足している。それが犯人であってもフシギではなかった、という程度にしか読者が納得させられない場合が多いのである。

この二人をのぞくと、あとは天分が落ちるようだ。一二の傑作はあって、全作にわたっては駄作が多く、合理性が不足して、解決を読んで納得させられない場合が多い。概ね解決が意外であるが、合理的に意外であること、納得のゆく意外であることの重要な要素が欠けているのである。推理小説の解決は意外でなければならないが、不合理に意外ではゼロであり、不合理の意外さだったら、どんなボンクラでも不意打をくらわせることが出来るのは当然である。

クロフツの作品は推理小説の型としては異色あるものだが、「樽」のような名作をのぞくと、駄作が多く、不合理に意外であったり、はからざる大集団の犯罪であったり、そのヒントが与えられておらず、謎ときゲームとしては、最後に至って失望させられることの方が多いようだ。

カーも意外を狙いすぎて不合理が多すぎる。「魔棺殺人事件」は落第。

個々の傑作としては、クリスチー女史、クイーン、ヴァン・ダインの諸作は別として、「矢の家」「観光船殺人事件」「ヨット殺人事件」「赤毛のレドメイン」ほかに思いだせないが、まだ私の読んだ限りでも十ぐらいは良いものがあったはず、しかし、百読んで、二ツか三ツ失望しないものがある程度だ。世界的に名の知れた人々の作品で、そうなのである。

日本では横溝正史が抜群であり、作家としての力量は世界のベストテンに楽にはいりうるものである。特に「蝶々殺人事件」は傑作であり、終戦後の作品には、愚作がすくない。最もつまらないのが「本陣殺人事件」で、「蝶々」をおさえて「本陣」に授賞した探偵作家クラブの愚挙は歴史に残るものであろう。

「蝶々」はすばらしいものだ。東京と大阪を往復しての相つぐトリックの華麗さは特筆さるべきものであり、展開の妙もめざましい。トランクを東京駅へ運んだ友人には船酔いの薬と称して毒薬を与えて軽く片づけているあたり、末端に至るまで捌きが軽妙をきわめて快い。

一つ難を云えば、犯人の志賀が大阪のホテルに於て第二の殺人を犯したとき、アリバイをつくるために屍体を縄でよじって、よじれが戻って屍体が街路へ落ちるまでの時間に階下へ降りるトリックであるが、これは単に殺して何喰わぬ顔をしている方が無難で、いつ殺したか、その時間に誰がどこにいたか、殆ど分らなくなるはずである。却って、アリバイをつくろうとして妙に手のこんだ仕掛をするだけ、発見される危険が多いのである。仕掛の縄をあとで片づける危険だって大変だし、それらが人目につかない方が妙だ。

私がこれを指摘するのは蝶々にケチをつけるためではない。蝶々はこの程度のキズをおぎなって余りある華麗な相つぐトリックの妙味にあふれているのだ。

ただ日本の新人作家の作品には、このキズに類する不合理、トリックの不備があまりに目立ちすぎるからである。あまりに仕掛けを弄しすぎる、仕掛けを弄する必然性がなく、仕掛けを弄するだけ、それによって危険に身をさらしていることになるのだが、その計算を全然忘れている。そんなマヌケな犯人がいるものではない。

すべてトリックには必然性がなければならぬ。いかに危険を犯しても、その仕掛けを怠っては、犯行を見ぬかれる、というギリギリの理由があって、仕掛けに工夫を弄するという性質でなければならぬ。

「アクロイド殺し」はアリバイをつくるために蓄音機を使い、それを取りもどす危険を冒す必要があった。そしてその仕掛けに要したちょっとの時間、五分ほどの差によって、トリックを見破られてしまうのである。トリックには常にかかる危険がある。それを承知で敢てせざるを得ぬ必然性がなければナンセンスで、謎ときゲームの合理性に失格しているのである。

推理小説は、主要人物が富豪とか、政治家、女優、大選手など有名人ばかりで、無産者が殺されるというような例は少い。そこで、推理小説は有閑階級の玩弄物にすぎないなどというのは一知半解の見解で、だいたい犯罪の動機は色と慾で、貧乏人が被害者だと、動機が少くなり、限定される。謎の幅が少くなって、謎ときゲームに必要な複雑な綾が少くなってしまうのである。謎を複雑にするには、どうしても身辺に謎の多い人物、色々な角度からカカリアイの多い人物を主人公に仕立てる必要があるのである。多くの角度から殺される可能性のある人物を被害者に仕立てなければならない。

だから推理小説というと、ヤタラに大きな邸宅の見取図などが出てくるものだが、邸宅が大きいというところにも謎をふせる要素があるわけだが、それが主たるものではなく、第一の目的は、そういう邸宅に住むような階級でないと、推理小説の謎を複雑に仕組むことができないという要求によるものだ。

又、推理小説は、広い地域を舞台にすると、その舞台の地域に通じない読者の興味を半減する。たとえば「三幕の悲劇」では、フランスのある町からある町の距離、南北に遠く離れて、一日に往復しうるや否や、というところに推理の鍵があるのだが、地理的条件と、交通機関の条件について知識がない読者にはそれに対して明瞭なヒントが与えられていないから、解決をよんでも正しく納得させられない。

又「吹雪の山荘」に於ても、トリックの卓抜さはすでに述べた通りだが、一つ欠点があるのである。それは山荘の地点から、殺人の現場まで、どれぐらいの距離で、地形がどうで、スキーならば短時間に到着しうるというヒントが与えられていないことである。

作者は自分が熟知する地形だから一人ノミコミになり易いが、充分にヒントを与えておいた上で、なお悠々と謎ときゲームを争うに堪えうるだけの充分の配慮と構成とトリックの妙がなければならない。

「Yの悲劇」にしても、ふれた手の高さと、ヴァニラの匂いを総計すると、まア、犯人の少年を描きうることになるが、それだけがヒントとしては、かなり漠然としすぎており、もうちょッと明確なヒントを与えておいて、読者を説服するだけの準備と構成がほしかった。少年が犯人である動機、他人のメモを見て実行するという大事なところをヒントに提出しておいて謎ときを争うだけの構成の妙味がなければならない。そのヒントを与えれば、いっぺんに犯人が分るじゃないか、というようでは、傑作をかく作者にはなれない。挑戦の妙味は、あらゆるヒントを与えて、しかも読者を惑わすたのしみであり、その大きな冒険を巧みな仕掛けでマンチャクするところに作者のホコリがあり、執筆の情熱もあるのである。十分にヒントを与えずに、犯人をお当てなさいでは、傑作の第一条件を失している。

だいたい推理小説は、解決篇までは、物的証拠を提出するわけには行かない。稀に可能な場合もあるかも知れないが、物的証拠をヒントにだすことは、まず不可能だ。ヒントはすべて状況証拠であるが、AでもBでもありうるという漠然さがあっては不可で、AでもBでもCでもありうる、又、Dでもありうる、というように、提出した状況証拠の漠然さが増大するほど、その推理小説は不出来であると見てよい。

つまり、ぬきさしならぬ状況証拠をハッキリ提出しておいて、尚悠々と読者を迷わすだけの構成の妙がなければならないのである。

概してこの条件を外れることの少いのは、アガサ・クリスチー女史が頭抜けており、まさに一頭地をぬく大天才である。

しかし、横溝正史も病身をおかして多作しながら、作品のキズは、常にそれほど大きなものではない。相当ムリにツジツマを合せる苦しさはあるが、トリックやヒントの華麗さは、外国にもあまり例がなく、たとえば、「獄門島」に於て、犯人を和尚単独にすると手易く見破られやすい、そこで一人一殺ずつ三人の犯人を仕立てたところは、意外であってもムリであるが、三つの俳句による殺人法などのトリックは華麗であって、大いに珍重しうるものである。

私は横溝君を世界のベスト・テン以上、ベスト・ファイブにランクしうる才能であると思っている。純粋に推理小説作家ではなく、怪奇趣味、抒情趣味が謎ときゲームの妙味を減殺しているが、時には謎にモヤを加えて役立つ時もある。私としては、抒情怪奇趣味はとらないが、それを差しひいても、彼の才能は大きい。しかし、あとに続く推理作家がいない。

　高木、島田両新人は、純粋に推理作家で、怪奇抒情趣味のないところはたのもしいが、妙に雰囲気をだそうとするのが、先ず第一の欠点。だいたい文筆に未熟のうちは、純文学の場合でも、妙に雰囲気をだしたがるもので、文章がヘタだから、尚さら、ヘキエキさせられる。しかし、これは熟練によって、次第に非を自得するに至るものだから、決定的な欠点ではない。文章のヤリクリで雰囲気をだそうとする努力は無用であるから、捨て去るがよい。横溝君も雰囲気を文章でヤリクリ苦面する傾向が強いが、筆力が逞しいので、キズにならず、読ませる。終戦前の横溝君は文章がヘタで、この雰囲気ごのみ、怪奇ごのみ、読むに堪えない作品ばかりだったが、終戦後は見ちがえる成長ぶりで、差が激しいので、いささか呆れる程である。年期をいれて、こんなに生長するということは尊いことで、後進に勇気を与えることでもある。

横溝正史の雰囲気好みは性格的なものであるが、高木、島田両君はそうでないようだから、雰囲気はサラリとすてて、クリスチー女史の簡潔軽妙な筆を学んだ方がよい。クリスチーは私にとっても師匠なのである。

ほかに川島郁夫という新人が、筆力も軽妙、トリックの構成も新味はないが難が少く、有望である。一番達者のようだ。

探偵小説も、抒情派や怪奇派には、大坪、山田、宮野、香山など新人がいるが、純粋な推理小説作家ではない。

純粋な推理小説は、謎ときゲームであり、構成の複雑さを主要な条件とするから、短篇では推理小説のダイゴ味は味わえない。アガサ・クリスチーの天才を以てしても、短篇推理小説では、読者を魅惑することができないのである。

短篇で推理小説を読ませるには、ドイルの行き方が頂点で、つまり捕物帖の推理が適しているのである。捕物帖が読み切りの読み物として人気があるのは当然で、複雑な謎ときによって、作者と読者とが智恵くらべする推理小説は長篇でなければ魅力を発揮することは不可能なのである。

小説と名はついても、文学だの芸術だのと面倒なことは云わず、最高級の娯楽品として、多くの頭脳優秀な人たちが、謎ときゲームのたのしさを愛されるよう慫慂《しょうよう》してやまないものである。

諸氏にして謎ときゲームのおもしろさを覚えられたなら、おのずから、拙者もひとつ新トリックを工夫して、未見の友に挑戦してやろうというボツボツたる雄心を起すに相違ない。クリスチー、クイーン、横溝ほどの天才がない限り、職業作家になっても、忽ちトリックに行き詰ってマンネリズムに落込むばかりだから、片手間にトリックの発明を楽しみ、職業作家になろうなどと思わず道楽として斯道《しどう》に精進されるよう、おすすめしたい。又、推理小説に限って、合作する方が名作が生れやすい。一面的な欠点がのぞかれ、多角的に観察され構成されて、トリックも発育し、マンネリズムに堕し易い欠点ものぞかれるのである。三人よれば文殊の智恵というのは、推理小説の場合は、最も当てはまるのである。

（「新潮」一九五〇年四月号）

如何に生くべきか、ということは文学者の問題じゃなくて、人間全体の問題なのである。人間の生き方が当然そうでなければならないから、文学者も亦そうであるだけの話である。

如何に生くべきか、が人間のあたりまえの問題でなくて、特に文学だけの問題のように考えられているところに、日本文学の思想の贋物性《がんぶっせい》、出来損いの専門性、一人ガテンの独尊、文学神聖主義があるのだろう。

罪の自覚、そして孤独の発見は文学のふるさとだけれども、それは又人間全体の生き方の母胎でもあって、およそ、文学固有の生き方、態度、思想、そういう特別なものは有り得ない。文学は人間のものであるだけだ。

私は、新しく文学をやる若い人には、文学者であるよりも人間であることの発見、最もつつましやかな人間の自覚を知ることが第一だと思う。

人間の発見と、書きたい意慾があればおのずから小説は成り立つもの、小説の書き方よりも、人間の見つけ方、見方の方が小説の形式をも決定してくれるものであるから、そしてそういう人間の発見の上に文学の独創性もあるのだから、文学者はいつも人間であることが先決条件の筈である。

だから、文学の専門家になろうとせずに人間の専門家、つまり自ら生くるための真実の努力が第一で、文学的サークルなどは二の次に、各々他に職業をもち、なるべく文学の専門家にはならない方がいい。

アインシュタインがうまいことを言っている。物理学者になるには、学校を卒業したら靴ミガキになりたまえ。

物理学というものは芸術同様まったく独創性を必要とするものだそうで、だから、専門家のサークルに住むと、垣根の中の考え方からぬけだせず、独創的な着想や構想ができなくなってしまう。だから、靴ミガキになれ、全然物理学に関係のない仕事にたずさわる方がユニックな発見ができる、という意味なのである。

文学もその通りである。文章上の専門性というものは趣味的でたくさん、要は人間の発見、人間の問題の発見だ。

文章の専門性などはタワイもないもので、そんなものは悠々趣味で片づけるだけの逞しさがなければ大文学は生れない。

会社員、労働者、何商売でもいい。商売の片手間に、悠々と、人間喜劇を書きあげてノッソリ登場してくれるような新人が、日本の文壇を大人の文壇に、だんだん変化させてくれるであろう。

今の文壇は出来損いの名人カタギの専門家とその取りまきで出来上っている遊園地みたいなところである。

（「文芸首都」一九四八年一月号）

娯楽奉仕の心構え——酔ってクダまく職人が心構えを説くこと

いつぞや「近代文学」の人たちに、君たちの雑誌は肩が凝ってて仕様がないが詰碁と詰将棋を載せてくれないかナ、と言って、平野謙に叱られた。これは一場の冗談だけれども、又、冗談とばかりも限らず、「近代文学」は詰碁、詰将棋でもなくては退屈千万だ。

たとえば、理学、工学、化学、医学、農学、美術、音楽などのそれぞれ最も専門的な純学術雑誌に詰碁詰将棋が載ったらどうだろう。別に学術雑誌のダラクだなどと言わず、研究室の休養のひとときに気の利いたことだと喜んでくれる学者が多いんじゃないかな。研究室に碁盤や将棋盤があっても、探偵小説の数冊が置いてあっても、学者のダラクなどと言う者もなかろう。本当に仕事をする者には休養が必要で、尊いものだ。

休養、娯楽を悪徳と見る儒学思想は今日も尚日本の家庭を盲目的に支配しており、よく働き、よく遊べというような分りきったことすらも、尚一般的な常識ではないのである。休養娯楽が家庭化されていないから、芸術の鑑賞も亦《また》家庭化せられず、芸術の休養、娯楽性というようなものも理解せられておらぬのである。

人間探求、生活探求、そして魂の糧であるということ、それも亦たしかに文学の効用のひとつであるけれども、元々小説は思想の解説書ではなく、人の生活を物語ることによって読者の心と通じるもので、面白く語ることによって先ず読者と友達になる、話術も大切で、半面の休養娯楽性というものを忘れては成り立たない。話術も小にしては個々の表現法であるが、大にしては筋の構成、この話術は文学の戯作性というもので作者の思想が高く、人間通の眼光鋭く深く、かりそめにも人生を遊ばず人の悲痛な宿命に就て慟哭の唄声をかなでるものであっても、同時に話術家としての作者は戯作世界にいるものなのである。

シェクスピアは傑《すぐ》れた人間通であると同時に傑れた戯作者であり、ドストエフスキイは悩み高き思想家であると同時に途方もない戯作者だった。ストリンドベルヒも同断であり、モリエールの喜劇の面白さによってモリエールを咎める史家は先ずないだろう。

日本文学は自らの思想性が低いから、戯作性とか娯楽性を許容すると自ら尊厳が維持しきれない。日本文学者の多くの人々に戯作性が拒否せられるのはそのせいだと私は思う。思想が深く、苦悩が深ければそれに応じて物語も複雑となり、筋に起伏波瀾がなければ表現しきれなくなるから、益々高度の戯作性、話術の妙を必要とする。日本の文学者は多く思想が貧困であり、魂の苦悩が低いから、戯作性もいらない上に、戯作者を自覚する誇りも持つことができないのである。

私はだいたい日本の綜合雑誌というものは奇妙なものだと考えている。専門的な知識は専門家にだけあればよろしく、そのためにその方面各々の専門雑誌があればよろしい。専門的な知識を綜合して、それをみんな身につけた人物が出来上ったにしたところが、そんな人間が何物なのだろう。各人はその道に於て専門家でなければならぬが各方面に専門家である必要はない。教養として各方面に一応の知識のあることは悪いことではないから、綜合雑誌がそのために存在するなら、もっと通俗性、読ませるものでなければならぬ。現在の綜合雑誌を全部通読する人は少数で、殆んど虚栄的な存在ではないかと疑られる。

だいたい教養としての知識は雑誌的であるよりも単行本的でなければならぬと思われるが、日本の出版界、学界は不思議なところで、初歩の解説書と専門書はあるが中間的な手引書がない。初歩からいきなり専門書へ行かざるを得ないから、分ったようで分らず、本当に消化された知識にならない。語学でもそうで、初歩からいきなり難しい原書へ行く、みんな中間が欠けている。いわんや、ねころんで娯《たの》しみながら読んで役に立つというような巧妙な読み物としての学術書、手引書などは殆ど見当らない。

国文学の古典とか、漢学の古典、知れた数だから全部現代語に訳したら、よかろうに。女学生の国語の教科書など枕の草子だの徒然草だのと二年三年生に無茶な話で、徒らに時間の空費ではないか。孔子でも孟子でも伊勢物語でもみんな現代語に訳して寝ころんで読めるような文庫をつくって万人に与えてはどうだ。学校の国語や漢文は文字を解釈するところで、鑑賞したり、思想を読むということが忘れられている。文字を解釈することなどは学問でも教養でもなく、文学は鑑賞すべきものであり、思想は思想を読むべきもの、かくて文学や思想も知識とか教養となる。

無駄を省くということは学問の効用の最大なるものであるのに、日本の学校は無駄を教える。日本の古語、漢文、外国語は少数の専門家にだけ必要なもので、大衆は決して原語によって読まねばならぬ必要もなく、原語でなければ分らぬ性質のものでもない。すべてを現代日本語で読ませる方が、むしろ大衆に「言葉を読まず」、文学を文学として鑑賞し、思想を思想として読ましめ、真実の教養を与えることとなるのである。分りきったことではないか。これくらい分りきったことが日本の学校教育の根本に欠けているのだから、日本人の知識教養の地盤がすでにナンセンスで、従って日本在来の常識伝統、まったく不健全、矛盾、きわまるものだ。

綜合雑誌などというものはこの不健全な学問的情熱から現れた妖怪変化の一匹で、枕の草子や源氏物語の一端を原書で読まされて言葉の解釈だけで悪戦苦闘して後援つづかず全然枕の草子も源氏物語も文学として鑑賞しなかったくせに、その無駄に就て疑ることも知らず、学問はそういうものだと思いこんでいる知識人が、そのマニヤックな好学精神によって知識教養とは読んでも分らぬところに尊厳がある、高遠なるものだ、有りがたいものだ、そんな程度の心がけで、拝読したり陳列したり、そして疑ることがない。綜合雑誌は日本好学精神の生きた見本で、衒学空虚、まことに悲しい存在である。

菊池寛は偉いところがあった。彼が発案した文藝春秋という綜合雑誌は知識とは分らせ読ませ理解させせなければムダにすぎぬものと知った魂の所産で、各方面の相当な知識を面白く読ませ分らせる、そういうところに眼目があったに相違ない。文藝春秋と朝日グラフは私の好きな雑誌の型だ。

知識は読ませ分らせなければムダにすぎないもので、端坐、ネヂハチマキ、机に向って読まなければ分らない、それ以外に法がないなら仕方がないが、書き様や表わし様で寝ころんでも読めるように工夫のできるものなら、寝ころんで分るようにした方がいい。それは知識の尊厳を傷けることにならないばかりか、知識を万人の物とする尊い工夫であり努力である。これも亦尊敬すべき戯作精神の一つであり、わが思想に自信があり万人のものとしたい一念があれば、自ら戯作者たらざるを得ないであろう。

綜合雑誌の空虚にして不健全、しかも狂的に情熱的な好学精神が、おのずから文学を歪めてきたに相違ない。即ち文学からも戯作性は拒否せられ、全然ユーズーのきかない深刻空虚な献身性が文学の支柱となり、学問同様文学も亦ねころんで読めないようなところに尊厳ができたり、ユーモアを解さぬところにマジメさができたり、神聖奇怪な化け物となってしまったのである。

文学には定まった型はないから、形式は何でも構わぬ。私小説はいけないという規則はない。身辺雑記のようなものでも文学はありうる。俳句も短歌も文学でない筈はない。

日本人は然しなぜかくも偏狭なのだろうか。自ら私小説家と号したり、一方では私小説だけをよしと云い、一方ではフィクションだけを文学だという。

外国にも二行詩も三行詩もあるが、ただ、二行詩だけしか作らぬ詩人、三行詩だけしか作らぬ詩人、そんな詩人はいない。俳句も短歌も文学でない筈はない。然し俳人だの歌人などというのが妙で、詩人であればよい。文学者であればよい。けれども自由詩の詩人は自由詩だけが詩だという。そういうキュークツな精神では、自由詩の自由によってあべこべに自分を縛り空虚な形式を自由の名に於てデッチあげ空転するだけのことで本当の詩、文学は生まれる筈はないだろう。

そして又、俳句だけしか作らぬ俳人、短歌だけしか作らぬ歌人、本当の歌声こそが詩の本質であるのに、十七字や三十一字の形式だけをひねくり廻して、奥儀をとく。俳句の奥儀、短歌の奥儀、そんなものは有るべきじゃない。詩の奥儀がすべてで、俳句も短歌も詩であるから文学であり、その詩声（ウタゴエ）によって読者の魂につながる、文学が詩がそうである如く、俳句も短歌もそうである以上に何があろうか。

文学は型をきめて判断してはいけないものだ。一般読者は文学の理論などに患わされず虚心に読み、自分の心にふれるものだけに惹かれるという読み方だから却って正しく小説の心にふれていることが多く、批評家や文学の専門家は型にきめて判断するから作者の魂にふれることが少いものだ。色々の文学がある。人間が種々様々である如く様々で、あらゆる人の文学などというものはなく、ある人に愛され、ある人に嫌われる。それでいいではないか。ラムプにはラムプの効用があり、椅子は椅子の効用によって存在する。このラムプは腰かけることができないというのは暴論だ。

特別日本の文学者批評家の珍論は、この小説は面白いから不マジメだという。面白さ自体には不マジメなどあるものじゃない。作者の思想や魂が不マジメだということはある。然し面白さが不マジメだと云う人々は、たぶん涙はマジメで笑いは不マジメだと思っているに相違ない。然し涙はマジメなものでも誠実なものでもなく、大いに偽りのあるもので、屡々《しばしば》軽薄なものでもある。もとより笑いが涙以上に深刻高遠ということはないが、一つは目からでる水、一つは口からもれる風声で、どっちがマジメ、どっちが不マジメという性質のものじゃない。フィガロのセリフに「なぜ私が年中笑うかですって。笑わないと涙がでてきやがるからさ」五分五分のものだ。

同様に、面白さ自体、マジメも不マジメもあるものじゃない。面白さを悪徳と見る人々の魂や生活は何と貧困なものだろうか。誠実な生き方や省察がないから、休養娯楽の正しさが分らない。

面白さはすぐれた効能である。同じものを面白くなく書くよりも面白く書く方がよろしい。文学が娯楽となることによって文学の価値が低下俗化するわけではなく、思想の低俗、魂の低俗の故に文学は低俗となる。もとより面白おかしい小説に低俗な小説もたくさんあるが、御同様、深刻勤勉面白おかしくもない小説にも同じように低俗なものがたくさんあって、このことでは両々別に変るところはない。まだしも面白ければ面白いということで喜んでくれる人があるだけ何かのタシになってはおるが、尤もそのことのためにそれだから面白ければ文学になるという性質のものではない。然しすぐれた文学ならみんなそれぞれの面白さがあるべきもので、面白さも亦作品の生命の一つである。

文学の生命は何か。悩める魂の友だという。それも亦休養娯楽だ、と私は思う。人々の休養娯楽に奉仕するだけでも立派な仕事ではないか。棋士は将棋によって、職業野球家は野球によって寄席芸人は落語漫才によって人々の休養娯楽に奉仕する。まことに立派な、誇るべき仕事じゃないか。よき棋譜により、よき野球により、よき演芸によって人に負けない好サービスをなし人々をより多くたのしませるために心を配り技をみがき努力する。意義ある生活ではないか。

人々が私を文学者でなく、単なる戯作者、娯楽文学作者だときめつけても、私は一向に腹をたてない。人々の休養娯楽に奉仕し、真実ある人々が私の奉仕を喜んでくれる限り、私はそれだけでも私の人生は意味があり人の役に立ってよかったと思う。もとより私は、さらに悩める魂の友となることを切に欲しているのだけれども、その悲しい希いが果されず、単なる娯楽奉仕者であったにしても、それだけでも私の生存に誇りをもって生きていられる。誇るべき男子一生の仕事じゃないか。

人々の休養娯楽に奉仕することが尊い仕事だと知らない人々は貧しい人々だ。休養娯楽が人生に一つの大きな意味ある生活であることを知らないのだから。

休養娯楽の正しい意味が分らぬところに豊かな愛や深い思想や魂は生れてこない。大きな正義も育ちはしない。日本の貧しさの最大なる一つは娯楽を悪徳と見ることで、娯楽が悪いのではなく、娯楽によって崩れるような因習的道徳や教育が悪い。映画が悪いわけでもなく、ダンスホールが悪いわけでもない。悪いとすれば、人間が悪い。

登山の苦痛に堪えて頂上を極める喜び、マラソンの激痛を忍んでゴールに至る喜び、苦痛も亦娯楽なのである。歯をくいしばって走って何が面白いのかネ、などと、自分一個の限定以外に知り得ない貧しい魂は悲しい。私は先日パンパンガールと会談したが、彼女らが明朗で自分の人生を呪うどころか愛し喜んでいるので、うれしかった。今までのような暗い悲しい娼婦にくらべて、この明朗な娼婦の誕生は、ともかく日本の一つの進歩で、パンパンの出現は決して日本のダラクではない。私はダンスホールは知らないけれども、友達のホールの支配人の話によると、不品行なダンサーの無軌道ぶりもひどい代りに、処女のダンサーが非常に多くなり、このことは戦前のダンスホールに見られなかった現象だという。これも亦一つの進歩じゃないか。こうして汚辱の中から新らしいものが育ってくる。

ただれた愛慾、無軌道な放埒の中からも、やがてそこに高い魂が宿るようになるものだ。ただれた愛慾はいつの世にもあるもので、娯楽のせいじゃなく、人間のせいだ。娯楽が人間の劣情を挑発するというなら、娯楽を禁止して、娯楽なき健全世界を創るか。これが健全だというなら、私は不健全、私は不健全を名誉とする。

私は娯楽奉仕の職人たる誇りをもつから、かかる誇りと努力によって、奉仕の商品にも自然進歩があり、そのうちには商品に魂も宿るようになり、いくらか文学らしくなることもあり得るだろう。私の奉仕の精神には、誇りと努力があるから、そうなる見込みもあるというものだ。奉仕の職人たる心構えと努力にともかく自信があるということは、私自身に生きる意味を感じさせてくれる。その自信をもつことによって、私はともかくうれしい。

私はそれ以上のものでなくとも構わない。

（「文學界」一九四七年十一月号）

感想家の生れでるために

文芸時評はない方がよい。下品で、不潔俗悪で、百害あるのみだからである。文芸時評というものの性質が百害あるわけじゃなく、これを手がける作家の態度が卑屈俗悪だからである。

仲間の作品批評になると点が甘くなる。党派に依存するさもしさで、文学は常に一人一党だ。

芸術派は小党分立、ともかく党派的にシノギをけずるところもあるが、左翼となると論外で、自分の方は頬カムリ主義だから、ろくな作品が生れる筈はない。尤も五十歩百歩、小党であれ大党であれ、党派に依存する根性の存する限り、又、党派を設定する根性の存する限り、そのことが反文学だから、本当の文学作品が生れる筈はない。

批評家の批評となると、これが又ひどい。四十代だの三十代だの、呆れ果てた分類を発案する。

平野謙の如くに一人の作家を論ずるに必ず系列というものをデッチあげて、御丁寧に党派を組ましてくれるのもある。まったく、苦心、痛々しい。そんなにまで、苦心、発案、皿に一山ずつ盛り分けて定価をつけるようなことをして、御本人は文学を割り切って清々しているのかも知れないが、まるでもう文学と根柢から違ったところで、文学の幻影と格闘しているだけだ。

文学者、作家というものは存在するが、批評家なんてものは文学者の中に有りやしない。

批評家なんてものじゃなく、感想家というものは有ってもよいと私は思う。

感想家は、文学者、作家じゃない。思想家でもない。つまり読者の代表だ。大読者とでも言ってよかろう。

文学作品を読むのが好きで堪らない、文学の読書が何よりも好きだ、そういう人が謙虚に自らの読書感想を語るのである。

感想がなければ語らぬがよい。ありもしない感想をあるが如くに語ろうとするから、四十代三十代、分類、系列、苦心サンタン、妖怪を描きだしてしまうので、無理な背延びをしてはいけない。

小説を書くことが他の何物よりも好きで堪らぬ作家と、小説を読むことが他の何物よりも好きで堪らぬ感想家と、この二つは在ってもよい。

感想家、大読書家は当然ひとり楽しむ世界だから、これ又、一人一党、ただ自らの感想があるべきのみで、党派的読書家などというものは有り得ない。

こういう読書家の感想ならば、文学の品格を浄化もでき、高めもするであろう。批評家というバケモノは消えてなくならねばいけない。それから党派根性がなくならねばならぬ。よってアーメンと唱す。

（「文學界」一九四八年一月号）

解説　〝巷〟に起こる事件

川村　湊

1

坂口安吾は、一時、自ら〝コーダンシ〟と名乗ったことがあった。好男子でも、講談師でもない、〝巷談師〟である。巷に溢れかえる様々な事件や犯罪や事象、世相や世間事、噂や流言飛語、それに関わる人間模様と人生劇場。そうした社会一般に花開く話題とトピック、事件や犯罪を社会現象として取り上げ、時宜よろしく取り上げ、論じ、分析・解説して、そして語り（時には〝騙《かた》り〟）上げてみせるという〝巷談師〟なのである。

その〝巷談師〟としての面目躍如なのが、『安吾巷談』、『我が人生観』、そして本書『安吾探偵事件帖』（これは安吾の生前に編まれたものではなく、中公文庫オリジナルの編集である）などの、もっぱら敗戦直後の一九五〇年前後に、主に雑誌連載された文章群なのである。

たとえば、「帝銀事件を論ず」で取り上げられた帝銀事件は、一九四八年一月二十六日に、帝国銀行椎名町支店で引き起こされた青酸カリによる行員十二名の集団毒殺事件である。

翌四九年七月五日には、当時の下山定則国鉄総裁が、現在のＪＲ常磐線綾瀬駅近くで轢死体として発見された下山事件があった。臨済宗の見習僧が金閣寺を炎上させた金閣寺放火事件は、五〇年七月二日のことであり、同年九月にはアプレゲール世代の犯罪として話題となった日大の現金輸送車を襲った日大ギャング事件があった（逮捕時に主犯の若い男が「オー、ミステイク！」といったことが話題となった）。

伊藤整訳の『チャタレイ夫人の恋人』（小山書店刊）が、わいせつ物として裁かれたチャタレイ裁判は五一年に開始され、六年後の五七年に出版者、訳者への罰金刑で終結した……敗戦直後で、ＧＨＱの占領下で、そして独立直後の「戦後」の日本社会では、世の耳目を聳動した、重大で話題性に富んだ事件に事欠かなかった。これらの〝事件〟に、巷談師（時には素人探偵でもある）の坂口安吾が取り組んだのが、本書の第Ⅰ部「事件と裁判」なのである。

しかし、坂口安吾は、そうした事件の真相を暴いたり、犯人を特定したり、謎を解いたりするような〝解決〟を自分の筆で導き出そうとしたわけではない。たとえば、帝銀事件では、銀行員に毒物を飲ませ、苦しむ行員たちを尻目に金を奪って逃げた強盗殺人事件の犯人とされた画家の平沢貞通（容疑者として逮捕され、裁判の結果死刑が確定したが、長期間執行は行われず、平沢は獄病死した）に対しての〝シロ〟か〝クロ〟か、という両説について、その態度を明らかにしていない。いや、安吾は帝銀事件について何本かの記事を書いているが、その時々の捜査の進展や状況の変化によって、〝シロ〟と〝クロ〟との心証に微妙な揺れとして変化を見せているようだ。平沢の見た目の印象によって〝シロ〟とする立場に対して、印象というあやふやなものによって、重大事を決定づけることの危うさをいい、またあやふやな物証や状況証拠によって〝クロ〟とする捜査陣を批判的にとらえている。

　安吾にとって平沢が犯人であるか、誰が真犯人であるかなどということは、本当はどうでも良かった。ただ、彼がこの奇怪な事件に見るのは、つい四年前まで続いていた「戦争」の圧倒的な影なのである。それは、目の前でバタバタと被害者たちが悶え苦しみ、死んでゆくのを平然と眺める「平凡人」の眼差しであり、それは日本本土の空襲による屍者から、靴や帽子や時計を取り分ける生き延びた者たちの振る舞いと同質のものなのである（帝銀事件の犯人を、満洲の日本陸軍の防疫給水部七三一部隊の残党の一員とする説は根強く残っている。中国人捕虜を対象に生体実験を行い、それを「マルタ」と呼んだという〝非情〟さは、帝銀事件と通底している）。

2

下山事件についても、〝他殺説〟と〝自殺説〟があり、その双方とも成り立つことを、「素人探偵」の巷談師（＝作家・文士と言い換えても良い）である安吾は、主張する。組合（左翼）運動を弾圧する側のＧＨＱ・日本政府と、抵抗する側の国労・左翼勢力との間で板挟みとなっていた下山定則総裁には、〝自殺〟する動機も〝他殺〟される理由も十分にあった。だから、余程明白な物証や確定的な証言がない限り、他殺と自殺の両説の〝黒白〟を判ずることは不可能だ。そこにあるのは、下山総裁の圧倒的な「孤立」と「孤独」である。

戦争に賛同し、それに協力した封建的・体制的・軍部的な勢力と、戦争に反対・再軍備に抵抗する勢力との角逐の間のエアーポケットに落ち込んだ悲劇として下山総裁の「死」をとらえる時、それが他殺だろうと自殺だろうとどうでも良く、敗戦直後の日本人の大多数が落ち込んだ〝孤独地獄〟の一つと見ることができる。

世間の噂雀（マスコミ）たちは、下山総裁がその「死」の前に、いかがわしい旅館（パンパン宿）で数時間過ごし、その間に若い娘（パンパン）を引き込んだことを喋々する。自殺を決意した者が、そんな卑俗で下卑た振る舞いをするものだろうか。もっぱら「他殺説」の補強証拠として、下村総裁のそんなミステリーめいた、「死の直前」の行為が引き出されてくるのだ。

しかし、安吾はそれが「自殺説」を覆すものでも、「他殺説」を強化するものでもないことを語る。それは、安吾の最も深いところにある「人間観」「人生観」に拠ったものであるといえる。安吾は「孤独と好色」で、こういう。

私は、思うに、孤独感の最も激しいものは、意志力を失いつつある時に起り、意力を失うことは抑制力を失うことでもあって、同時に最も好色になるのではないかと思った。

最後のギリギリのところで、孤独感と好色が、ただ二つだけ残されて、めざましく併存するということは、人間の孤独感というものが、人間を嫌うことからこずに、人間を愛することから由来していることを語ってくれているように思う。人間を愛すな、といったって、そうはいかない。どの人間かも分らない。たぶん、そうではなくて、ただ人間というものを愛し、そこから離れることのできないのが人間なのではあるまいか。

安吾の真骨頂がここにあると思う。安吾は、毒殺事件でも、轢断事件でも、放火事件でも、「事件」など見てはいない。それらがいかに、残虐で残酷なものであったとしても、安吾をはじめ日本人全員（そして東アジアの人々やアメリカ人など）が体験せざるを得なかった「戦争」ほど性悪で、残忍で、悲惨なものはなかったからだ。

安吾は「事件」ではなく、それを引き起こした「人間」を見ているのだ。帝銀事件や下山事件（他殺だとしたら）が、いかに凶悪であり、暴力的なものであったとしても、七三一部隊の悪業に連なる「戦争犯罪」と同列に置くことはできない。冷厳に、科学的に、医学・生理学的に「マルタ」の処理を行なっていた七三一部隊の「戦争」

遂行と比べたら、帝銀事件の実行犯など安吾に言わせれば〝哀れなトンマ先生〟の仕業にしか過ぎないだろう。

金閣寺に火をつけた放火僧について、「美に対する嫉妬」や「見物人に対する反感」などを犯行の動機とする本人やそれを論ずる識者について、安吾は軽蔑の念を隠さない（これは坂口安吾の三島由紀夫への評価とも関わってくることだろう）。どんな事件や犯罪であろうとも、その実行犯の口からまともな、正しい動機や理由が表現されることはありえない。なぜなら、事件の犯人や犯罪者は「事後」にそれを了解するのであって、それを遡って「事前」に明確な犯意や動機、理由や原因が存在するようなものではないからだ。

犯罪者たちは、常に「事後」を生きている。「戦争」という大きな暴力や犯罪が、常に「戦後」において問題とされることと同義である。

安吾は、『チャタレイ夫人の恋人』の中から鵜の目鷹の目で「わいせつ」を見つけようとする、裁判を担当した検事や判事たちを笑う。「わいせつ」など、彼らの目の中にしかないもので、彼らは「読後」にそれを見つける。読む前の「本」の中にそれが確然としてあるわけではないからだ。読む者の「人間」としての基底から、〝わいせつ感〟も〝好色〟も生じてくる。

安吾にとって、事件の「事後」、読書の「読後」、戦争の「戦後」から、人間の「生」や「社会」は始まるのであり、彼は常にそうした「事後」を生きる人間を模索し、人間の基底的なところから発言したのである。動機や原因を問うことよりも、結果や運命を忠実に、真摯に今を〝生きる（堕落する）〟ことに価値を見出す人間であったからだ。

さて、巷談師・安吾は疾風怒濤の「敗戦直後」の混乱期を遣り過ごした後に、高度経済成長のトバ口で倒れてしまった（一九五五年、安吾死去）。その遺志を受け継いだのが、世間の話題を一手にするマスコミが、ラジオからテレビに、総合月刊誌から週刊誌の時代へと変わっていった時、〝トップ屋〟などという名称で風俗記事から政治、社会問題までを広くテーマとしたライターとなった梶山季之のような文学者であったかもしれない。あるいは、それは『ずばり東京』や『ベトナム戦記』などのルポルタージュ作品を書いた開高健に引き継がれたと見るべきかもしれない。

しかし、本当の意味で、巷談師・安吾の衣鉢を継いだのは、帝銀事件や下山事件をもう一度俎上に載せて、『日本の黒い霧』や『昭和史発掘』を書いた、社会派推理作家・松本清張だったかもしれない。ただし、両者の同じテーマの作品を読み比べてみれば、その資質や感性の違いは明白である。変わらないのは、日本社会の霧に包まれた〝闇〟の部分、隠蔽された「戦後」における「戦争の影」そのものである。安吾も清張も、それに挑むことによって、小説を書いたのである。そこに純文学とエンターテインメント、「探偵小説」と「推理小説」などの差違はない。人間的真実の追究があるのみなのだ。

（かわむら・みなと　文芸評論家）

編集付記

一、本書は著者の事件評論、裁判傍聴記と推理小説論を独自に編集したものである。中公文庫オリジナル。

一、編集にあたりちくま文庫版『坂口安吾全集』および筑摩書房版『坂口安吾全集』を底本とした。本文中の〔 〕は本書での編集部による補足である。

一、本文中、今日の人権意識に照らして不適切な語句や表現が見受けられるが、著者が故人であること、発表当時の時代背景と作品の文化的価値に鑑みて、底本のままとした。

中公文庫

安吾《あんご》探偵《たんてい》事件帖《じけんちょう》

──事件《じけん》と探偵小説《たんていしょうせつ》

2024年5月25日　初版発行

著　者　坂口《さかぐち》安吾《あんご》

発行者　安部順一

発行所　中央公論新社

〒100-8152　東京都千代田区大手町1-7-1

電話　販売 03-5299-1730　編集 03-5299-1890

URL https://www.chuko.co.jp/

ＤＴＰ　平面惑星

印　刷　三晃印刷

製　本　小泉製本

Published by CHUOKORON-SHINSHA, INC.

Printed in Japan　ISBN978-4-12-207517-7 C1195

定価はカバーに表示してあります。落丁本・乱丁本はお手数ですが小社販売部宛お送り下さい。送料小社負担にてお取り替えいたします。